HEYNE <

Das Buch

»Reich sein heißt, immer alles zu sehen, was hässlich ist, weil man die Überheblichkeit besitzt zu glauben, dass man alles ändern kann. Dass man nur dafür bezahlen muss. Aber ich bin nicht reich. Ich besitze nur einen Scheck über achtzehn Millionen fünfhundertsiebenundvierzigtausenddreihunderteinen Euro und achtundzwanzig Cent, achtfach gefaltet, unter einer Einlegesohle versteckt. Ich besitze nur eine Versuchung. Die Möglichkeit eines anderen Lebens.«

Der Autor

Grégoire Delacourt wurde 1960 im nordfranzösischen Valenciennes geboren. Er arbeitete als Werbetexter und erntete schon mit seinem literarischen Debüt *Der Dichter der Familie* in Frankreich begeisterte Kritiken sowie renommierte Literaturpreise. Sein zweiter Roman *Alle meine Wünsche* war ein gefeierter Bestseller und erschien weltweit in zahlreichen Ländern. Grégoire Delacourt lebt mit seiner Familie in Paris.

Lieferbare Titel

Alle meine Wünsche
Im ersten Augenblick
Wir sahen nur das Glück

Grégoire Delacourt

Alle meine Wünsche

Roman

Aus dem Französischen
von Claudia Steinitz

WILHELM HEYNE VERLAG
MÜNCHEN

Die Originalausgabe LA LISTE DE MES ENVIES erschien
2012 bei JC Lattès, Paris.

FSC
www.fsc.org
MIX
Papier aus verantwortungsvollen Quellen
FSC® C014496

Penguin Random House Verlagsgruppe FSC® N001967

Vollständige deutsche Taschenbuchausgabe 10/2022

Die Übersetzung der Verse aus Die Hochzeit des Figaro (S. 123)
stammt von Ragni Maria Gschwend

Printed in Germany
Umschlaggestaltung: Eisele Grafik Design, München,
unter Verwendung eines Motivs von Shutterstock.com/Kerly Violett
Satz: Dörlemann Satz, Lemförde
Druck und Bindung: GGP Media GmbH, Pößneck
ISBN: 978-3-453-42699-3

www.heyne.de

Alle Qualen sind erlaubt,
Alle Qualen sollen sein,
Man muss nur gehen,
Man muss nur lieben

Le Futur intérieur,
Françoise Leroy

Man lügt sich immer an.

Ich weiß zum Beispiel genau, dass ich nicht hübsch bin. Ich habe keine blauen Augen, in denen sich die Männer verlieren, in denen sie versinken wollen, damit man hinterherspringt und sie rettet. Ich habe keine Mannequin-Taille, ich bin eher drall, sogar füllig. Der Typ, der anderthalb Plätze braucht. Ich habe einen Körper, den die Arme eines mittelgroßen Mannes nicht ganz umfassen können. Ich habe nicht die Anmut der Frauen, denen man lange Sätze mit Seufzern als Satzzeichen ins Ohr flüstert, nein. Ich verleite eher zu kurzen Sätzen. Deftigen Bissen. Der Knochen des Verlangens ohne Schwarte, ohne das gemütliche Fett.

Das weiß ich alles.

Und trotzdem gehe ich manchmal, wenn Jo noch nicht zu Hause ist, hoch in unser Schlafzimmer und stelle mich vor den Spiegel unseres Kleiderschranks – ich muss ihn daran erinnern, den Schrank an der Wand zu befestigen, bevor er mich eines schönen Tages während meiner *Kontemplation* zerschmettert.

Ich schließe die Augen und ziehe mich langsam aus, so, wie mich noch nie jemand ausgezogen hat. Jedes

Mal wird mir ein bisschen kalt und ich erschauere. Wenn ich ganz nackt bin, warte ich einen Moment, bevor ich die Augen öffne. Ich genieße. Lasse die Gedanken schweifen. Träume. Ich sehe die ergreifenden, schmachtenden Körper aus den Kunstbüchern vor mir, die bei meinen Eltern herumlagen; später dann die derberen Körper aus den Zeitschriften.

Dann hebe ich langsam, wie in Zeitlupe, die Lider.

Ich betrachte meinen Körper, meine schwarzen Augen, meine kleinen Brüste, meinen Schwimmring, meinen Wald aus dunklem Schamhaar, und finde mich schön; und ich schwöre Ihnen, in diesem Moment bin ich schön, sehr schön sogar.

Diese Schönheit macht mich zutiefst glücklich. Unglaublich stark.

Sie lässt mich alles Hässliche vergessen. Den ziemlich langweiligen Kurzwarenladen. Das Geschwätz und das Lotto von Danièle und Françoise – den Zwillingen, die den Salon Coiff'Esthétique neben dem Kurzwarenladen führen. Diese Schönheit lässt mich alles Erstarrte vergessen. Wie das Leben ohne Geschichten. Wie diese entsetzliche Stadt ohne Flughafen, diese graue Stadt, aus der man nicht fliehen kann und in die nie jemand kommt, kein Herzensbrecher, kein weißer Ritter auf einem weißen Pferd.

Arras. Zweiundvierzigtausend Einwohner, vier Shoppingcenter, elf Supermärkte, vier Fast-Foods, ein paar mittelalterliche Straßen, eine Tafel in der Rue du Miroir-de-Venise, die Passanten und Vergessliche darauf hinweist, dass hier am 24. Juli 1775 Eugène-

François Vidocq geboren wurde. Und mein Kurzwarenladen.

So nackt und schön vor dem Spiegel kommt es mir vor, als müsste ich nur mit den Armen schlagen, um leicht und anmutig davonzufliegen. Damit sich mein Körper zu denen der Kunstbücher gesellt, die im Haus meiner Kindheit herumlagen. Dann wäre er genauso schön wie sie, für immer.

Aber ich traue mich nie.

Jedes Mal überrascht es mich, wenn ich Jo nach Hause kommen höre. Ein Riss in der Seide meines Traums. Ich ziehe mich hastig wieder an. Schatten bedecken die Klarheit meines Körpers. Ich weiß um die seltene Schönheit unter meinen Kleidern. Aber Jo sieht sie nie.

Einmal hat er mir gesagt, ich sei schön. Es ist ewig her, ich war gerade Anfang zwanzig. Ich war hübsch angezogen, ein blaues Kleid, ein vergoldeter Gürtel, ein Hauch von Dior; er wollte mit mir schlafen. Sein Kompliment siegte über mein hübsches Kleid.

Sie sehen, man lügt sich immer an.

Weil die Liebe die Wahrheit nicht ertragen könnte.

Jo, das ist Jocelyn. Mein Ehemann seit einundzwanzig Jahren.

Er ähnelt Venantino Venantini, dem schmucken Kerl, der in *Scharfe Sachen für Monsieur* Mickey den Stotterer und in *Mein Onkel, der Gangster* Pascal den Killer spielte. Entschlossenes Kinn, finsterer Blick, italienischer Akzent, bei dem man dahinschmilzt, Sonne, gebräunte Haut, ein Gurren in der Stimme, von dem die Gänschen Gänsehaut bekommen, nur dass mein Jocelyno Jocelyni zehn Kilo mehr hat und sein Akzent die Mädchen weiß Gott nicht dahinschmelzen lässt.

Er arbeitet bei Häagen-Dazs, seit der Eröffnung des Werks 1990. Er verdient 2400 Euro im Monat. Er träumt von einem Flachbildschirm anstelle unseres alten Radiola-Fernsehers. Von einem Porsche Cayenne. Von einem Kamin im Wohnzimmer. Von der kompletten Sammlung der *James-Bond*-Filme auf DVD. Von einem Seiko-Chronograph. Und von einer schöneren und jüngeren Frau; aber das sagt er mir nicht.

Wir haben zwei Kinder. Eigentlich drei. Einen Jungen, ein Mädchen und eine Leiche.

Romain wurde an dem Abend gezeugt, als Jo mir gesagt hat, dass er mich schön findet, und als ich wegen dieser Lüge den Kopf, mein Kleid und meine Unschuld verlor. Die Chance lag bei eins zu x-tausend, dass ich beim ersten Mal schwanger werde, und mich hat es getroffen. Nadine kam zwei Jahre später, und seither habe ich nie mehr mein Idealgewicht wiedergewonnen. Ich bin dick geblieben, so etwas wie eine leere Schwangere, ein mit nichts gefüllter Ballon.

Eine Luftblase.

Jo hat aufgehört, mich schön zu finden, mich anzufassen; er hat angefangen, abends vor dem Radiola rumzuhängen und das Eis zu essen, das sie ihm in der Fabrik gaben, dann »33«-Export-Bier zu trinken. Und ich habe mir angewöhnt, allein einzuschlafen.

In einer Nacht hat er mich geweckt. Er war ganz hart. Er war betrunken, er weinte. Da habe ich ihn in mich aufgenommen, und in dieser Nacht hat sich Nadège in meinen Bauch geschlichen und ist in meinem Fleisch und meinem Kummer ertrunken. Als sie acht Monate später herauskam, war sie blau. Ihr Herz war stumm. Aber sie hatte entzückende Nägel, sehr lange Wimpern, und ich bin sicher, dass sie hübsch war, obwohl ich die Farbe ihrer Augen nie gesehen habe.

Am Tag von Nadèges Geburt, der auch der Tag ihres Todes war, hat Jo aufgehört, Bier zu trinken. Er hat in unserer Küche Geschirr zerschlagen. Er hat geschrien. Er hat gesagt, das Leben sei zum Kotzen, das Leben sei eine Hure, eine gottverdammte Hure. Er hat gegen seine Brust, seine Stirn, sein Herz und die Wände getrommelt. Er hat gesagt: Ein Leben ist zu kurz. Ist ungerecht. Man muss es ausnutzen, Scheiße noch mal, weil man keine Zeit hat; mein Baby, hat er hinzugefügt und Nadège gemeint, meine kleine Tochter, wo bist du? Wo bist du, mein Schatz?

Romain und Nadine sind verschreckt in ihre Zimmer gerannt, und Jo hat an diesem Tag angefangen, von den schönen Dingen zu träumen, die das Leben süßer und den Schmerz weniger stark machen. Flachbildschirm. Porsche Cayenne. *James Bond*. Und eine hübsche Frau. Er war traurig.

Mich haben meine Eltern Jocelyne genannt.

Die Chance lag bei eins zu Millionen, dass ich einen

Jocelyn heirate, und mich musste es treffen. Jocelyn und Jocelyne. Martin und Martine. Louis und Louise. Laurent und Laurence. Raphaël und Raphaëlle. Paul und Paule. Michel und Michèle. Eins zu Millionen.

Und mich hat es getroffen.

Ich habe den Kurzwarenladen im Jahr meiner Hochzeit mit Jo übernommen.

Ich hatte schon zwei Jahre dort gearbeitet, als der Eigentümerin ein Knopf in der Kehle stecken blieb, auf dem sie herumbiss, um sich zu überzeugen, dass er wirklich aus Elfenbein war. Der Knopf glitt über die feuchte Zunge, kroch zum Kehlkopf, griff ein Schlundschnürerband an und verzog sich in die Luftröhre; weil der Knopf alles verstopfte, hörte sich Madame Pillard nicht mal ersticken, ebenso wenig wie ich.

Das Geräusch eines Sturzes rief mich herbei.

Der Körper riss im Zusammenbrechen die Knopfschachteln mit sich; achttausend Knöpfe rollten durch den kleinen Laden, und das war das Erste, was ich dachte, als ich das Drama entdeckte: Wie viele Tage und Nächte würde ich damit verbringen, auf allen vieren die achttausend Zierknöpfe, Metallknöpfe, Holzknöpfe, Kinderknöpfe, Haute-Couture-Knöpfe usw. zu sortieren?

Der Adoptivsohn von Madame Pillard kam aus Marseille zur Beisetzung, er schlug mir vor, den Laden zu übernehmen, die Bank war einverstanden, und am 12. März 1990 kam ein feinsinniger Maler und schrieb *Kurzwaren Jo, vormals Maison Pillard* auf den Giebel und die Tür des kleinen Ladens. Jo war stolz. *Kurzwaren Jo*, sagte er und streckte die Brust vor, als hätte man ihn ausgezeichnet, Jo, Jo bin ich, das ist mein Name!

Ich sah ihn an und fand ihn schön, und ich dachte, dass ich Glück hatte, ihn zum Mann zu haben.

Dieses erste Ehejahr war großartig. Der Laden. Jos neue Arbeit in der Fabrik. Und die bevorstehende Geburt von Romain.

Aber bis heute ist der Laden nie besonders gut gelaufen. Ich kämpfe gegen die Konkurrenz von vier Shoppingcentern und elf Supermärkten, die ruchlosen Preise des Kurzwarenhändlers auf dem Samstagsmarkt, die Krise, die die Menschen ängstlich und geizig macht, und die Trägheit der Frauen von Arras, die die Leichtigkeit des Prêt-à-porter der Kreativität des Selbstgenähten vorziehen.

Im September werden gewebte Etiketten zum Annähen oder Aufbügeln bestellt; ein paar Reißverschlüsse, Nadeln und Faden, falls man lieber die Sachen des letzten Jahres reparieren will, als neue zu kaufen.

Vor Weihnachten Schnittmuster für Kostümfeste. Die Prinzessin bleibt der Verkaufsschlager, gefolgt von Erdbeere und Kürbis. Bei den Jungen läuft der Pirat gut, im letzten Jahr waren alle ganz verrückt nach dem Sumo-Ringer.

Dann ist bis zum Frühling Ruhe. Ein paar Nähkästen, zwei oder drei Nähmaschinen und Stoff vom Meter.

Während ich auf ein Wunder warte, mache ich Handarbeiten. Meine Strickwaren verkaufen sich ganz gut. Vor allem Schlafsäckchen für Neugeborene, Schals und gehäkelte Baumwollpullover.

Zwischen zwölf und zwei Uhr schließe ich den Laden und gehe nach Hause, um allein zu essen. Wenn das Wetter schön ist, sitze ich manchmal mit Danièle und Françoise auf der Terrasse des Estaminet oder des Café Leffe auf der Place des Héros und esse einen Croque.

Die Zwillinge sind hübsch. Ich weiß schon, dass sie mich benutzen, um ihre schlanken Taillen, ihre langen Beine und ihre entzückend scheuen, hellen Rehaugen zur Geltung zu bringen. Sie lächeln die Männer an, die allein oder zu zweit essen, sie kokettieren und manchmal gurren sie. Ihre Körper senden Botschaften aus, ihre Seufzer sind eine Flaschenpost, und manchmal fischt ein Mann eine auf, für einen Kaffee, ein geflüstertes Versprechen, eine Enttäuschung – den Männern fehlt es so schrecklich an Phantasie; dann wird es Zeit, unsere Läden wieder aufzumachen. Immer in diesem Moment, auf dem Rückweg, kommen unsere Lügen ans Tageslicht.

Ich habe die Nase voll von dieser Stadt, sagt Danièle, ich habe das Gefühl, in einer Geschichtsbroschüre zu leben, arrrrr, ich ersticke, in einem Jahr bin ich weit weg, in der Sonne, ich lasse mir die Brüste neu machen.

Wenn ich Geld hätte, fügt Françoise hinzu, würde ich alles stehen- und liegenlassen, von heute auf morgen. Und du, Jo?

Ich wäre schön und schlank, und niemand würde mich mehr anlügen, nicht mal ich. Aber ich antworte nicht, ich beschränke mich darauf, die hübschen Zwillinge anzulächeln. Zu lügen.

Wenn wir keine Kundinnen haben, bieten sie mir immer eine Maniküre oder eine Föhnfrisur oder eine Maske oder ein Schwätzchen an, wie sie sagen. Ich stricke ihnen dafür Mützen oder Handschuhe, die sie nie tragen. Dank ihnen bin ich zwar rund, aber gepflegt, manikürt; ich bin auf dem Laufenden über die Affären der einen und der anderen, die Probleme von Denise im Maison du Tablier mit dem tückischen Wacholderschnaps und seinen 49 Prozent, von der Schneiderin bei Charlet-Fournie, die zwanzig Kilo zugenommen hat, seit sich ihr Mann in den Shamponneur bei Jean-Jac verknallt hat, und wir haben alle drei das Gefühl, die drei wichtigsten Personen der Welt zu sein.

Jedenfalls von Arras.

Wenigstens von unserer Straße.

So weit. Ich bin siebenundvierzig.

Unsere Kinder sind aus dem Haus. Romain ist in Grenoble, im zweiten Lehrjahr einer Handelsschule. Nadine ist in England, sie macht Babysitting und Videofilme. Ein Film von ihr wurde bei einem Festival gezeigt, sie hat einen Preis gewonnen, und seither haben wir sie verloren.

Zum letzten Mal haben wir sie Weihnachten gesehen.

Als ihr Vater sie gefragt hat, was sie macht, hat sie eine kleine Kamera aus ihrer Tasche geholt und an den Radiola angeschlossen. Nadine mag die Worte nicht. Sie spricht sehr wenig, seit sie spricht. Sie hat zum Beispiel nie gesagt: Maman, ich habe Hunger. Sie ist aufgestanden und hat sich was zu essen genommen. Sie hat nie gesagt: Ich muss dir mein Gedicht, meine Aufgaben, mein Einmaleins aufsagen. Sie behielt ihre Worte in sich, als wären sie kostbar. Wir vereinigten unser Schweigen, sie und ich: Blicke, Gesten, Seufzer anstelle von Subjekt, Verb, Objekt.

Auf dem Bildschirm erschienen Schwarzweißbilder von Zügen, Gleisen, Weichen; am Anfang war es ganz langsam, dann wurde es allmählich schneller, die Bilder überlagerten sich, der Rhythmus wurde berauschend, faszinierend; Jo stand auf und holte sich ein alkoholfreies Bier aus dem Kühlschrank; ich konnte die Augen nicht vom Bildschirm lösen, meine Hand griff nach der meiner Tochter, *Subjekt*, Wellen durchströmten meinen Körper, *Verb*, Nadine lächelte, *Objekt*. Jo gähnte. Ich weinte.

Als der Film zu Ende war, sagte Jo: In Farbe, mit Ton und auf einem Flachbildschirm wäre dein Film nicht schlecht, Töchterchen, und ich sagte: Danke, danke, Nadine, ich weiß nicht, was du mit deinem Film sagen willst, aber ich habe *wahrhaftig* etwas empfunden. Sie zog den Stecker der kleinen Kamera aus dem Radiola und flüsterte, während sie mich ansah: Ich habe den *Bolero* von Ravel in Bilder umgesetzt, Maman, damit die Tauben ihn hören können.

Dann drückte ich meine Tochter an mich, an meinen schlaffen Körper, und ließ meine Tränen fließen, weil ich ahnte, auch wenn ich nicht alles verstand, dass sie in einer Welt ohne Lügen lebte.

Für die Zeit dieser Umarmung war ich eine glückliche Mutter.

Romain kam später, zum Baumstammkuchen und den Geschenken. Er hatte *ein Mädchen* am Arm. Er hat mit seinem Vater Tourtel getrunken und sich beschwert: Das ist doch Eselspisse, dieses Zeug, hat er gesagt, und Jo hat ihn zum Schweigen gebracht mit einem bösen: Ja, dann frag doch Nadège, was das Gesöff macht, sie wird es dir erklären, Idiot, dummer kleiner Idiot. Dann hat *das Mädchen* gegähnt, und Weihnachten war verdorben. Nadine hat nicht auf Wiedersehen gesagt, sie ist in der Kälte verschwunden, hat sich verflüchtigt wie Dunst. Romain hat den Kuchen aufgegessen; er hat sich den Mund mit dem Handrücken abgewischt, hat seine Finger abgeleckt, und ich habe mich gefragt, was all die Jahre genützt haben, in denen ich ihm beibringen wollte, sich ordentlich zu benehmen, nicht die Ellbogen auf den Tisch zu stellen, danke zu sagen, all diese Lügen. Bevor er auch gegangen ist, hat er uns mitgeteilt, dass er seine Ausbildung abbrechen und mit *dem Mädchen* als Kellner in der Crêperie im Palais Breton arbeiten würde, in Uriage, einem Thermalbad zehn Minuten von Grenoble entfernt. Ich habe meinen Jo angesehen, meine Augen schrien: Sag doch was, hindere ihn daran, halt ihn zurück, aber er hat unserem Sohn nur die Flasche entgegengestreckt, wie es manchmal die Männer in amerikanischen Filmen machen. Er hat ihm viel Glück gewünscht, und das war alles.

So weit. Ich bin siebenundvierzig.

Unsere Kinder leben jetzt ihr Leben. Jo hat mich noch nicht wegen einer Jüngeren, einer Schlankeren, einer Schöneren verlassen. Er arbeitet viel; im letzten Monat hat er eine Prämie bekommen, und wenn er eine Weiterbildung macht, haben sie ihm gesagt, kann er eines Tages Vorarbeiter werden; Vorarbeiter, das würde ihn seinen Träumen näher bringen.

Seinem Cayenne, seinem Flachbildschirm, seinem Chronographen.

Meine Träume sind verschwunden.

In der fünften Klasse träumte ich davon, Fabien Derôme zu umarmen, aber den Kuss bekam Juliette Bocquet.

Als ich dreizehn war, tanzte ich am 14. Juli zu *L'Été indien* und betete, dass sich die Hand meines Kavaliers auf meine sprießende Brust verirren möge; er wagte es nicht. Nach dem Slow sah ich ihn mit seinen Freunden lachen.

Als ich siebzehn war, träumte ich davon, dass meine Mutter vom Bürgersteig aufsteht, auf dem sie plötzlich zusammengebrochen war, wobei sie einen Schrei ausstieß, der nicht herauskam, ich träumte, es sei nicht wahr, nicht wahr, nicht wahr; es habe nicht plötzlich diesen Fleck zwischen ihren Beinen gegeben, der sich so unanständig auf ihrem Kleid ausbreitete. Mit siebzehn träumte ich, dass meine Mutter unsterblich sei, dass sie mir eines Tages helfen würde, mein Brautkleid zu nähen, und mich bei der Auswahl des Straußes, der Torte, der blassen Farbe der Dragees beraten würde.

Mit zwanzig träumte ich davon, Designerin zu werden, nach Paris zu gehen, Unterricht im Studio Berçot oder d'Esmod zu nehmen, aber da war mein Vater schon krank, und ich nahm die Arbeit im Kurzwarenladen von Madame Pillard an. Damals träumte ich insgeheim von Solal, vom Märchenprinzen, von Johnny Depp und Kevin Costner vor den Implantaten, aber es wurde Jocelyn Guerbette, mein rundlicher Venantino Venantini, etwas dicklich und ein Schmeichler.

Wir trafen uns zum ersten Mal im Laden, als er für seine Mutter dreißig Zentimeter Valenciennes-Spitze kaufte, eine sehr feine geklöppelte Spitze mit fortlaufenden Fäden und zarten Motiven, ein Gedicht. Sie sind ein Gedicht, sagte er. Ich wurde rot. Mein Herz raste. Er lächelte. Die Männer wissen, welche Katastrophen bestimmte Worte im Herzen der Mädchen auslösen; und wir armseligen Idiotinnen sind hingerissen und gehen in die Falle, begeistert, weil uns endlich ein Mann eine gestellt hat.

Er schlug vor, nach Feierabend einen Kaffee trinken zu gehen. Ich hatte hundertmal, tausendmal von diesem Moment geträumt, wo mich ein Mann einladen, mir den Hof machen, mich begehren würde. Ich hatte geträumt, überwältigt zu sein, im Fauchen eines schnellen Autos weit davongetragen, in einem Flugzeug auf ferne Inseln entführt zu werden. Ich hatte von roten Cocktails, weißem Fisch, Rosenpaprika und Jasmin geträumt, nicht von einem Kaffee im Tabac des Arcades. Nicht von einer feuchten Hand auf meiner. Nicht von diesen Worten ohne Eleganz, diesen öligen Phrasen, damals schon diesen Lügen.

Also habe ich an jenem Abend, nachdem mich Jocelyn Guerbette gierig und ungeduldig geküsst hatte, nachdem ich ihn sanft zurückgestoßen hatte und er mit dem Versprechen gegangen war, am nächsten Tag wiederzukommen, mein Herz geöffnet und meine Träume davonfliegen lassen.

Ich bin glücklich mit Jo.

Er vergisst keinen Hochzeitstag. Am Wochenende werkelt er gern in der Garage. Er baut kleine Möbel, die wir auf dem Trödelmarkt verkaufen. Vor drei Monaten hat er uns W-Lan installiert, weil ich mir überlegt hatte, ein Internet-Blog über meine Handarbeiten zu schreiben. Manchmal kneift er mich nach dem Essen in die Wange und sagt: Du bist eine Nette, Jo, du bist eine Gute. Ich weiß. Das mag Ihnen etwas machomäßig vorkommen, aber es kommt von Herzen. Jo ist so. Mit Finesse, Leichtigkeit, den Feinheiten der Sprache kennt er sich nicht so aus. Er hat nicht viele Bücher gelesen;

er zieht die Zusammenfassungen den langen Debatten, die Bilder den Artikeln vor. Er mag die Fernsehfolgen von Columbo, weil man von Anfang an weiß, wer der Mörder ist.

Ich mag Wörter gern. Ich mag die langen Sätze, die endlosen Seufzer. Ich mag es, wenn die Worte manchmal verbergen, was sie sagen, oder es auf neue Weise sagen.

Als ich klein war, führte ich Tagebuch. Ich habe am Tag des Todes meiner Mutter aufgehört. Als sie fiel, hat sie auch meinen Stift fallen und viele Dinge zerbrechen lassen.

Wenn Jo und ich uns unterhalten, spreche vor allem ich. Er hört mir zu und trinkt sein unechtes Bier, manchmal nickt er sogar zustimmend, um mir zu zeigen, dass er mich versteht, dass er sich für meine Geschichten interessiert, und auch wenn das nicht stimmt, ist es doch nett von ihm.

Zu meinem vierzigsten Geburtstag hat er in der Fabrik eine Woche Ferien genommen, hat die Kinder zu ihrer Großmutter gebracht und ist mit mir nach Étretat gefahren. Wir haben im Hôtel de l'Aiguille Creuse gewohnt, mit Halbpension. Wir haben vier wunderbare Tage dort verbracht, und es kam mir zum ersten Mal im Leben so vor, als sei es genau das: verliebt zu sein. Wir machten lange Spaziergänge auf der Steilküste und hielten uns bei den Händen; manchmal, wenn keine anderen Spaziergänger da waren, drückte er mich an den Felsen und küsste mich auf den Mund, seine freche Hand verirrte sich in meine Unterhose. Er hatte schlichte

Worte, um sein Verlangen zu beschreiben. Schinken ohne Schwarte. *Ich kriege einen Ständer. Du machst mich geil.* Und an einem Abend, in der violetten Stunde auf der Falaise d'Aval, habe ich *Danke* gesagt, habe gesagt: Nimm mich, und er hat mich dort geliebt, draußen, schnell, brutal, und es war gut. Als wir ins Hotel zurückkamen, hatten wir rote Wangen und einen trockenen Mund, wie beschwipste Jugendliche, und es war eine schöne Erinnerung.

Sonnabends hängt Jo gern mit seinen Kollegen aus der Fabrik rum. Sie spielen im Café Georget Karten, sie erzählen sich Männergeschichten, sie sprechen von den Frauen, tauschen ihre Träume aus, manchmal pfeifen sie Mädchen im Alter ihrer Töchter hinterher, aber es sind gute Kerle; *viel Dampf und wenig Braten*, wie man bei uns sagt; es sind unsere Männer.

Jeden Sommer gehen die Kinder zu Freunden, und Jo und ich fahren für drei Wochen in den Süden, nach Villeneuve-Loubet, auf den Camping du Sourire. Dort treffen wir J.-J. und Marielle Roussel, die wir auf dem Campingplatz zufällig vor fünf Jahren kennengelernt haben – sie sind aus Dainville, nur vier Kilometer von Arras entfernt! –, sowie Michèle Henrion aus Villeneuve-sur-Lot, der Hauptstadt der Backpflaumen. Sie ist älter als wir und unverheiratet geblieben; das kommt daher, dass sie die Kerne lutscht, behauptet Jo, und er meint die Kerle. Anzüglichkeiten beim Pastis, Grillabende, Sardinen, der Strand in Cagnes gegenüber der Pferderennbahn, wenn es sehr warm ist, ein oder zwei Mal Marineland, die Delphine, die Robben und dann die Wasserrutschen, unsere Schreckensschreie jedes Mal, die in Lachen und kindliche Freude münden.

Ich bin glücklich mit Jo.

Es ist nicht das Leben, von dem die Worte in meinem Tagebuch aus der Zeit träumten, als Maman noch lebte. Mein Leben hat nicht die perfekte Anmut, die sie mir abends wünschte, wenn sie sich zu mir ans Bett setzte, wenn sie sanft mein Haar streichelte und flüsterte: Du hast Talent, Jo, du bist intelligent, du wirst ein schönes Leben haben.

Sogar die Mütter lügen. Weil sie ebenfalls Angst haben.

Nur in den Büchern kann man sein Leben wechseln. Kann man alles mit einem Wort auslöschen. Das Gewicht der Dinge verschwinden lassen. Die Gemeinheiten ausradieren und sich am Ende eines Satzes plötzlich am Ende der Welt wiederfinden.

Danièle und Françoise spielen seit achtzehn Jahren Lotto. Jede Woche leisten sie sich für zehn Euro Träume für zwanzig Millionen. Eine Villa an der Côte d'Azur. Eine Weltreise. Oder auch nur eine Reise in die Toskana. Eine Insel. Ein Lifting. Einen Diamanten, eine Santos Dumont Lady von Cartier. Hundert Paar Louboutin und Jimmy-Choo-Schuhe. Ein rosa Chanel-Kostüm. Perlen, echte Perlen wie Jackie Kennedy, sie war so schön! Sie warten auf das Wochenende wie andere auf den

Messias. Jeden Freitag rasen ihre Herzen, wenn die Kugeln durcheinanderwirbeln. Sie halten den Atem an, atmen gar nicht mehr; jedes Mal könnte man sterben, sagen sie im Chor.

Vor zwölf Jahren haben sie einmal genug gewonnen, um Coiff'Esthétique zu eröffnen. Solange die Arbeiten dauerten, ließen sie mir jeden Tag einen Blumenstrauß bringen, und seither sind wir Freundinnen, obwohl ich eine heftige Allergie gegen Blumen entwickelt habe. Sie bewohnen zusammen die oberste Etage eines Hauses in der Avenue des Fusillés mit Fenstern zum Jardin du Gouverneur. Françoise hätte sich ein paar Mal beinahe verlobt, aber bei der Aussicht, ihre Schwester aufzugeben, hat sie lieber den Gedanken an Liebe aufgegeben; Danièle ist 2003 mit einem Vertreter für Shampoo, Pflegeprodukte und professionelle Haarfärbung von L'Oréal zusammengezogen, einem Großen, Finsteren mit Baritonstimme und rabenschwarzem Haar; einem Exoten. Sie war dem wilden Geruch seiner braunen Haut erlegen, war wegen der schwarzen Stoppeln auf den Gliedern seiner langen Finger dahingeschmolzen; Danièle hatte von tierischen Liebesakten geträumt, von Kämpfen, heißem Catching, ineinander verschlungenen Körpern, aber der große Affe hatte zwar ordentlich gefüllte Eier, sein Inneres jedoch erwies sich als leer, als unsäglich, katastrophal öde.

Das war ein sehr guter Treffer, vertraute sie mir einen Monat später an, als sie mit ihrem Koffer in der Hand zurückkam, ein kapitaler Hirsch, aber nach dem Schuss nichts mehr, der Vertreter geht in die Heia, schnarcht, dann bricht er im Morgengrauen zu seinen haarigen Touren auf, Kulturniveau null, und ich, man kann sagen, was man will, ich brauche das Gespräch, den Austausch; wir sind doch schließlich keine Tiere, o nein, wir brauchen Seele.

Am Abend ihrer Rückkehr waren wir zu dritt in der Coupole essen, Garnelen auf Chicoréebett für Françoise und mich, gratinierte Andouillettes d'Arras mit Maroilleskäse für Danièle: Was soll ich machen, für mich ist eine Trennung ein Loch, eine Leere, ich muss sie füllen, und nach einer Flasche Wein versprachen sie sich kreischend vor Lachen, sich nie mehr zu verlassen, oder, wenn die eine einen Mann treffen sollte, ihn mit der anderen zu teilen.

Dann wollten sie ins Copacabana tanzen gehen, vielleicht finden wir zwei hübsche Jungs, sagte die eine, zwei Treffer, sagte die andere lachend, und ich ging nicht mit. Seit dem 14. Juli, als ich dreizehn war, seit *L'Été indien* und meiner sprießenden Brust tanze ich nicht mehr.

Die Zwillinge verschwanden in der Nacht, nahmen ihr Lachen und ihr leicht ordinäres Absatzklappern auf den Pflastersteinen mit sich, und ich ging zu uns nach Hause. Ich überquerte den Boulevard de Strasbourg, ging die Rue Gambetta bis zum Justizpalast entlang. Ein Taxi kam vorbei, meine Hand zuckte; ich sah mich es heranwinken, einsteigen. Ich hörte mich sagen: Weit, so weit wie möglich. Ich sah das Taxi mit mir auf der Rückbank losfahren, sah mich, ohne mich nach mir umzudrehen, ohne mich von mir zu verabschieden, ohne mir zuzuwinken, ohne jedes Bedauern; ich, die fortgeht und verschwindet, ohne Spuren zu hinterlassen.

Das ist sieben Jahre her.

Aber ich bin nach Hause gegangen.

Jo schlief mit offenem Mund vor dem Radiola; ein Speichelfaden glänzte an seinem Kinn. Ich habe den Fernseher ausgemacht. Habe eine Decke über seinen zusammengekrümmten Körper gelegt. In seinem Zimmer kämpfte Romain in der virtuellen Welt von *Freelancer*. Nadine las in ihrem *Gespräche zwischen Hitchcock und Truffaut*; sie war dreizehn.

Sie hob den Kopf, als ich ihre Zimmertür öffnete, sie lächelte mir zu, und ich fand sie schön, unsagbar schön. Ich liebte ihre großen blauen Augen, ich nannte sie ihre Himmelsaugen. Ich liebte ihre helle Haut, auf der noch keine Verletzung eine Narbe hinterlassen hatte. Ihr schwarzes Haar; ein Rahmen um ihre zarte Blässe. Ich liebte ihr Schweigen und den Duft ihrer Haut. Sie rückte an die Wand, sagte nichts, als ich mich neben sie legte. Dann streichelte sie sanft meine Haare, wie es Maman gemacht hatte, und las weiter, jetzt halblaut, wie es ein Erwachsener tut, um die Ängste eines Kindes zu zerstreuen.

Heute früh war eine Journalistin des *Observateur de l'Arrageois* im Kurzwarenladen. Sie wollte mich über mein Blog *Zehngoldfinger* interviewen.

Es ist ein bescheidenes Blog.

Ich schreibe darin jeden Morgen über die Freuden des Strickens, des Stickens, des Nähens. Ich stelle Stoffe und Wolle vor, Bänder mit Pailletten, aus Samt, Satin und Organdy; Baumwoll- und Elastikspitze, Rattenschwanzschnur, gewachste Schnürsenkel, geflochtene Kunstseidenkordel, Anorakkordel. Manchmal erzähle ich vom Kurzwarenladen, von gestern eingetroffenem Klett- oder Druckknopfband. Ich lasse auch ein paar melancholische Gedanken einer Stickerin, Klöpplerin oder Weberin einfließen, Regungen wartender Frauen. Wir sind alle Nathalie, die Isolde aus *Der ewige Bann*.

Sie haben schon mehr als tausendzweihundert Besucher am Tag, ruft die Journalistin, tausendzweihundert, allein hier in der Gegend.

Sie ist in dem Alter von Kindern, auf die man stolz ist. Sehr hübsch mit ihren Sommersprossen, dem rosa Zahnfleisch und den strahlend weißen Zähnen.

Ihr Blog ist überraschend. Ich habe hundert Fragen. Warum wollen jeden Tag tausendzweihundert Frauen etwas über Stoffe lesen? Warum plötzlich diese Begeisterung für das Stricken, die Kurzwaren ... das Greifbare? Glauben Sie, dass wir an Berührungsmangel leiden? Hat das Virtuelle die Erotik getötet?

Ich unterbreche sie: Ich weiß es nicht, sage ich, ich weiß es nicht. Früher schrieb man Tagebuch, heute ein Blog.

Haben Sie Tagebuch geschrieben?, gibt sie zurück.

Ich lächle: Nein. Nein, ich habe nicht Tagebuch geschrieben, und ich habe keine Antworten auf Ihre Fragen, es tut mir sehr leid.

Da legt sie ihr Heft, ihren Stift, ihre Tasche beiseite. Sie sieht mir tief in die Augen. Sie presst ihre Hand auf meine und sagt: Meine Mutter lebt seit zehn Jahren allein. Sie steht um sechs Uhr auf. Sie macht sich einen Kaffee. Sie gießt ihre Pflanzen. Sie hört die Nachrichten im Radio. Sie trinkt ihren Kaffee. Sie macht sich etwas frisch. Eine Stunde später, um sieben Uhr, ist ihr Tag zu Ende. Vor zwei Monaten hat ihr eine Nachbarin von Ihrem Blog erzählt, und sie hat mich gebeten, ihr so ein *Ding* zu kaufen – so ein Ding ist in ihrer Sprache ein Computer. Seither hat sie dank Ihren Posamenterien, Ihren Quasten und Ihren Raffhaltern die Lebenslust wiedergefunden. Also erzählen Sie mir nicht, dass Sie keine Antworten haben.

Die Journalistin packt ihre Sachen zusammen und sagt: Ich komme wieder, dann haben Sie die Antworten.

Es war elf Uhr zwanzig, als sie gegangen ist. Meine Hände zitterten, die Handflächen waren feucht.

Also schloss ich den Laden ab und ging nach Hause.

Ich musste lächeln, als ich meine Jungmädchenschrift wiederentdeckte.

Die »a« waren in Druckschrift, die i-Punkte Kreise, und auf den »i« eines gewissen Philippe de Gouverne winzige Herzen. Philippe de Gouverne. Ich erinnere mich noch. Er war der Intellektuelle der Klasse, auch der Lustigste. Man verspottete ihn wegen seines Adelstitels. Wir nannten ihn Gouverneur. Ich war furchtbar verliebt in ihn. Ich fand ihn umwerfend verführerisch mit seinem Schal, der zweimal um den Hals geschlungen war und immer noch bis zur Taille reichte. Wenn er etwas erzählte, sprach er im Konjunktiv Zwei, und die Musik seiner Konjugationen berauschte mich. Er sagte, er würde Schriftsteller werden. Oder Dichter. Er würde Lieder schreiben. Auf jeden Fall würde er die Mädchenherzen höher schlagen lassen. Alle lachten. Ich nicht.

Aber ich habe mich nie getraut, ihn anzusprechen.

Ich blättere in meinem Tagebuch. Eingeklebte Kinokarten. Ein Foto von meiner Lufttaufe in Amiens-Glisy mit Papa, 1970, zu meinem siebten Geburtstag. Er würde sich heute nicht mehr daran erinnern. Seit seinem Schlaganfall ist er in der Gegenwart. Er hat keine Vergangenheit, keine Zukunft mehr. Er ist in einer Gegenwart, die sechs Minuten dauert, und alle sechs Minuten geht der Zähler seiner Erinnerung wieder auf null. Alle sechs Minuten fragt er mich nach meinem Namen. Alle sechs Minuten fragt er, welches Datum wir haben. Alle sechs Minuten fragt er, wann Maman kommt.

Und dann finde ich den Satz in violetter Mädchentinte, gegen Ende meines Tagebuchs, geschrieben kurz bevor Maman auf der Straße zusammenbrach.

Ich möchte gern die Chance haben, über mein Leben zu entscheiden, ich glaube, das ist das größte Geschenk, das wir erhalten können.

Über sein Leben entscheiden.

Ich schließe das Tagebuch. Jetzt bin ich groß, also weine ich nicht. Ich bin siebenundvierzig, habe einen treuen, netten, nüchternen Mann, zwei große Kinder und eine kleine Seele, die mir manchmal fehlt; ich habe einen Laden, der uns, mal mehr, mal weniger, zusammen mit Jos Gehalt genug für ein schönes Leben mit angenehmen Ferien in Villeneuve-Loubet einbringt und, warum nicht, vielleicht eines Tages erlauben wird, seinen Autotraum zu verwirklichen (ich habe einen Gebrauchtwagen für 36000 Euro gesehen, der mir sehr gut vorkam). Ich schreibe ein Blog, das der Mutter einer Journalistin des *Observateur de l'Arrageois* und wahrscheinlich tausendeinhundertneunundneunzig anderen Damen jeden Tag Freude schenkt; angesichts der vielen Besucher hat mir der Provider kürzlich vorgeschlagen, Werbung zu schalten.

Jo macht mich glücklich, und ich hatte nie Lust auf einen anderen Mann als ihn, aber zu sagen, ich hätte über mein Leben entschieden – das nicht.

Auf dem Rückweg zum Laden gehe ich über die Place des Héros, als plötzlich jemand meinen Namen ruft. Es sind die Zwillinge. Sie trinken Kaffee und füllen ihre Lottoscheine aus. Spiel doch einmal, bettelt Françoise. Du willst doch nicht für den Rest deines Lebens Kurzwarenhändlerin bleiben.

Ich mag meinen Laden gern, sage ich.

Hast du nicht Lust auf etwas anderes?, bedrängt mich Danièle. Komm schon, bitte!

Also gehe ich zum Kiosk und bitte um einen Schein.

Welchen?

Wie, welchen?

Loto oder *Euro Millions*?

Ich habe keine Ahnung.

Dann nehmen Sie *Euro Millions*, da gibt es am Freitag einen ordentlichen Jackpot.

Ich gebe ihm die zwei Euro, die er verlangt. Die Maschine wählt die Zahlen und die Sterne für mich aus, dann reicht er mir meinen Schein. Die Zwillinge applaudieren.

Endlich! Endlich wird unsere kleine Jo heute Nacht etwas Schönes träumen.

Ich habe gar nicht geträumt und sehr schlecht geschlafen.

Jo war die ganze Nacht krank. Durchfall. Erbrechen. Seit einigen Tagen klagt er, der niemals klagt, über Gliederschmerzen. Er zittert ständig – bestimmt nicht wegen meiner kühlen Hand auf seiner heißen Stirn oder meiner Massagen auf seiner Brust, um den Husten zu lindern, auch nicht, weil ich Mamans Kinderlieder summe, um ihn zu beruhigen.

Der Arzt war da.

Das ist wahrscheinlich die H1N1-Grippe, diese tödliche Seuche. Dabei halten sie in der Fabrik alle Sicherheitsmaßnahmen ein. FFP2-Mundmaske, Desinfektionsgel, regelmäßige Belüftung der Werkhallen, Verbot, sich die Hand zu schütteln, sich zu küssen, zu ficken, hatte Jo vor zwei Tagen lachend hinzugefügt, bevor es ihn traf. Doktor Caron hat ihm Oseltamivir (das berühmte Tamiflu) und viel Ruhe verschrieben. Das macht achtundzwanzig Euro, Madame Guerbette. Jo ist am Morgen eingeschlafen. Und obwohl er keinen Appetit hat, habe ich bei François Thierry seine Lieblingsbuttercroissants geholt und ihm eine Thermoskanne mit Kaffee auf den Nachttisch gestellt, für den Fall, dass. Ich habe ihm eine Weile beim Schlafen zugesehen. Er atmete laut. Schweißperlen rannen von seinen Schläfen über seine Wangen und versickerten lautlos auf seiner Brust. Ich sah neue Falten auf seiner Stirn, winzige Fältchen um den Mund, wie winziges Gestrüpp, seine Haut, die am Hals schlaff zu werden beginnt, da, wo er sich am Anfang so gern von mir küssen ließ. Ich sah die Jahre auf seinem Gesicht, ich sah die Zeit, die uns von unseren Träumen entfernt und uns der Stille näherbringt. Und ich fand ihn schön, meinen Jo, in seinem Schlaf eines kranken Kindes, und ich mochte meine Lüge. Ich dachte, wenn der schönste Mann der Welt, der netteste, der *allerbeste* auftauchen würde, jetzt, in diesem Moment, würde ich nicht aufstehen, würde ich ihm nicht folgen, würde ich ihn nicht mal anlächeln.

Ich würde dableiben, weil Jo mich braucht und weil eine Frau braucht, dass man sie braucht.

Der Schönste der Welt braucht nichts, weil er die ganze Welt hat. Er hat seine Schönheit und die unersättliche Gier aller Frauen, die sich an ihm weiden und ihn am Ende verschlingen und, die Knochen sorgfältig ausgesaugt, glänzend und weiß, im Abgrund seiner Eitelkeit tot zurücklassen werden.

Später habe ich Françoise angerufen. Sie wird ein kleines Schild an die Tür des Kurzwarenladens kleben. *Wegen Grippe zwei Tage geschlossen.* Dann habe ich die Information in mein Blog gestellt.

In der nächsten Stunde bekam ich hundert Mails.

Man bot mir an, sich um den Laden zu kümmern, bis mein Mann wieder gesund wäre. Man fragte mich nach Jos Größe, um ihm Pullover, Handschuhe, Mützen zu stricken. Man fragte mich, ob ich Hilfe, ob ich Decken bräuchte; eine Hilfe zu Hause, für die Küche, den Haushalt, eine Freundin zum Reden, um diesen schweren Moment zu überstehen. Es war unglaublich. *Zehngoldfinger* hatte Schleusen vergrabener, vergessener Freundlichkeit geöffnet. Meine Geschichten von Kordeln, Tunnelsäumen und Paspeln hatten offenbar eine sehr feste Bindung, eine unsichtbare Gemeinschaft von Frauen geschaffen, die das Vergnügen an der Handarbeit wiederentdeckt und dabei die Einsamkeit ihrer Tage durch die Freude ersetzt hatten, plötzlich eine Familie zu sein.

Jemand klingelte.

Es war eine Frau aus dem Viertel, ein reizendes verhutzeltes Weiblein wie die Schauspielerin Madeleine Renaud. Sie brachte mir Tagliatelle. Ich hüstelte. So viel unerwartete Fürsorge erstickte mich. Ich war es nicht gewohnt, dass man mir etwas gab, ohne dass ich darum gebeten hatte. Ich konnte nicht sprechen. Sie lächelte, so sanft: Sie sind mit Spinat und Frischkäse. Stärke und Eisen. Sie brauchen viel Kraft, Jo.

Ich stammelte einen Dank, und meine Tränen schossen hervor. Nicht zu stillen.

Ich habe meinen Vater besucht.

Nachdem er mich gefragt hatte, wer ich sei, erkundigte er sich nach Maman. Ich sagte ihm, sie sei einkaufen, sie werde etwas später vorbeikommen.

Ich hoffe, sie bringt meine Zeitung mit, sagte er, und Rasierschaum, er ist alle.

Ich habe ihm vom Kurzwarenladen erzählt. Und er hat mich zum hundertsten Mal gefragt, ob der Laden mir gehört. Er konnte es nicht fassen. Er war stolz: *Kurzwarenhandlung Jo, vormals Maison Pillard*, dein Name auf einem Ladenschild, Jo, stell dir vor! Ich freue mich für dich.

Dann hob er den Kopf, sah mich an: Wer sind Sie?

Wer sind Sie? Sechs Minuten waren vergangen.

Jo ging es besser. Das Oseltamivir, die Ruhe, die Tagliatelle mit Spinat und Frischkäse und meine sanften Kinderlieder besiegten die mörderische Grippe. Er blieb ein paar Tage zu Hause, werkelte ein bisschen rum, und als er sich eines Abends ein Tourtel aufmachte und den Fernseher einschaltete, wusste ich, dass er wieder gesund war. Das Leben ging wieder seinen Gang, ruhig, gehorsam.

In den folgenden Tagen war der Laden immer voll, und *Zehngoldfinger* hatte mehr als fünftausend Besucher am Tag. Zum ersten Mal seit zwanzig Jahren gingen mir die Kaseinknöpfe, Steinnussknöpfe und Kunsthornknöpfe, die Klöppelspitze und die Gipürespitze, die Stickvorlagen, die Fibeln und die Troddeln aus. Eher *die Troddel*, denn ich hatte seit einem Jahr keine mehr verkauft. Ich kam mir vor wie in einem Kitschfilm von Frank Capra, und ich kann Ihnen sagen, der Kitsch tut manchmal verdammt gut.

Als sich die Aufregung legte, machten Danièle, Françoise und ich Pakete mit den Decken, den Pullovern und den bestickten Kissenbezügen, die man Jo geschenkt hatte, und Danièle kümmerte sich darum, sie zu einem Wohltätigkeitsverein der Diözese von Arras zu bringen.

Aber das wichtigste Ereignis in dieser Zeit, das, was die Zwillinge seit zwei Tagen hysterisch machte, war, dass das Siegerlos der *Euro Millions* in Arras abgegeben worden war.

Arras, verdammt, in unserem Loch, das hätten *wir* sein können!, schrien sie, achtzehn Millionen Euro, na gut, das ist nicht viel im Vergleich zu den fünfundsiebzig Millionen von Franconville, aber immerhin, achtzehn Millionen! O Gott, das haut mich um!

Aber noch mehr aus dem Häuschen, fast an den Rand des Herzinfarkts brachte sie, dass sich der Gewinner immer noch nicht gemeldet hatte.

Und dass nur noch vier Tage blieben, dann war die Summe verloren und würde zurück ins Spiel gehen.

Ich weiß nicht wie, aber ich wusste es.

Ich wusste, noch bevor ich mir die Zahlen ansah, dass ich es war.

Die Chance lag bei eins zu siebenundsechzig Millionen, und mich musste es treffen. Ich las den Kasten in der *Voix du Nord*. Alles stimmte.

Die 6, die 7, die 24, die 30 und die 32. Die Sterne Nummer 4 und 5.

Ein Los, das in Arras, an der Place des Héros, abgegeben worden war. Ein Einsatz von zwei Euro. Ein Zufallssystem.

18547301 Euro und 28 Cent.

Ich wurde ohnmächtig.

Jo fand mich auf dem Boden in der Küche – wie ich Maman vor dreißig Jahren auf der Straße gefunden hatte.

Wir wollten zusammen einkaufen gehen, als ich

merkte, dass ich die Liste auf dem Küchentisch vergessen hatte. Ich ging nochmal hoch, Maman wartete draußen.

Als ich wieder runterkam, genau in dem Moment, wo ich auf die Straße trat, sah ich, wie sie mich anschaute und den Mund aufriss, aber kein Ton kam heraus; ihr Gesicht verzerrte sich zu der gleichen Grimasse wie bei der schrecklichen Gestalt auf dem Gemälde von Munch, *Der Schrei*, und sie sank wie ein Akkordeon in sich zusammen. Es genügten vier Sekunden, und ich war Waise. Ich stürzte herbei, aber zu spät.

Man stürzt immer zu spät herbei, wenn jemand stirbt. Was für ein Zufall.

Schreie ertönten, eine Bremse quietschte. Die Worte schienen wie Tränen aus meinem Mund zu strömen, sie erstickten mich.

Dann tauchte der Fleck auf ihrem Kleid, zwischen ihren Beinen auf. Der Fleck wuchs zusehends, wie ein schändlicher Tumor. In meiner Kehle spürte ich sogleich die Kälte eines Flügelschlags, das Brennen einer Kralle, dann, nach dem der Gestalt auf dem Gemälde, nach dem meiner Mutter, öffnete sich auch mein Mund, und zwischen meinen grotesken Lippen flog ein Vogel davon. Einmal an der Luft, stieß er einen entsetzlichen Schrei aus, sein versteinerndes Lied.

Ein Todeslied.

Jo geriet in Panik, als er mich auf dem Boden liegen sah. Er dachte, es sei die mörderische Grippe. Er wollte Doktor Caron rufen, aber ich kam zu mir und beruhigte ihn. Es ist nichts, ich hatte bloß keine Zeit, Mittag zu essen, hilf mir beim Aufstehen, ich setz mich fünf Minuten hin, dann geht's wieder, dann geht's.

Du bist ganz heiß, sagte er, seine Hand auf meiner Stirn.

Ich sage dir, es geht wieder, außerdem habe ich meine Regel, deshalb ist mir heiß.

Regel. Das Zauberwort. Das die meisten Männer in die Flucht treibt.

Ich mach dir was warm, schlug er vor und öffnete den Kühlschrank, oder willst du eine Pizza bestellen?

Ich lächelte. Mein Jo. Mein Lieber. Wir könnten vielleicht ausnahmsweise mal essen gehen, flüsterte ich.

Er lächelte, griff nach einem Tourtel. Ich ziehe mir eine Jacke an, dann steht dein Kavalier bereit.

Wir aßen beim Vietnamesen zwei Straßen weiter. Es waren kaum Gäste da, und ich fragte mich, wie das Restaurant durchhielt. Ich bestellte eine leichte Suppe mit Reisnudeln (*bún thang*), Jo frittierten Fisch (*cha ca*), und ich nahm seine Hand, wie in unserer Verlobungszeit vor zwanzig Jahren.

Deine Augen glänzen, flüsterte er mit wehmütigem Lächeln.

Und wenn du mein Herz rasen hören könntest, dachte ich, würdest du Angst bekommen, dass es explodiert.

Die Gerichte kamen schnell, ich brachte kaum einen Löffel von meiner Suppe herunter.

Jos Miene verdüsterte sich: Geht's dir nicht gut?

Ich senkte langsam den Blick: Ich muss dir etwas sagen, Jo.

Er musste das Gewicht meines Geständnisses ahnen. Er legte seine Stäbchen hin. Wischte sich mit der Baumwollserviette vorsichtig die Lippen ab – im Restaurant gab er sich immer Mühe –, nahm meine Hand. Seine trockenen Lippen zitterten: Hoffentlich nichts Ernstes, sag schon. Du bist doch nicht krank, Jo? Weil … weil, wenn dir etwas zustoßen würde, wäre es das Ende der Welt, ich …

Tränen stiegen mir in die Augen, und gleichzeitig begann ich zu lachen, ein unterdrücktes Lachen, das dem Glück glich.

… ich würde ohne dich sterben, Jo.

Nein, Jo, nein, nichts Ernstes, mach dir keine Sorgen, flüsterte ich.

Ich wollte dir sagen, dass ich dich liebe.

Und ich schwor mir, dass kein Geld der Welt es jemals wert wäre, das alles zu verlieren.

In dieser Nacht liebten wir uns sehr sanft.

War es wegen meiner Blässe, meiner neuen Empfindlichkeit? War es wegen der irrationalen Angst, mich zu verlieren, die ihn ein paar Stunden zuvor im Restaurant gepackt hatte? War es, weil wir schon lange nicht mehr miteinander geschlafen hatten, weil er Zeit brauchte, um die Geographie der Lust neu zu erlernen, seine männliche Brutalität zu zähmen? War es, weil er mich so sehr liebte, dass er mein Vergnügen über seins stellte?

In jener Nacht wusste ich es nicht. Heute weiß ich es. Aber, mein Gott, es war eine schöne Nacht!

Sie erinnerte mich an die ersten Nächte der Liebenden, die, in denen man bereit ist, bei Tagesanbruch zu sterben; jene Nächte, die sich einzig um sich selbst sorgen, fern der Welt, des Lärms, der Bosheit. Und dann dringen allmählich Lärm und Bosheit ein, und das Erwachen wird schwierig, die Enttäuschung grausam. Nach der Lust kommt immer die Langeweile. Und es gibt nichts außer der Liebe, um die Langeweile zu überwinden. Die große Liebe, der Traum, den wir alle haben.

Ich erinnere mich, wie ich am Ende von *Die Schöne des Herrn* geweint habe. Ich war richtig wütend, weil sich die Liebenden in Genf aus dem Fenster des Ritz warfen. Ich warf dafür das Buch in den Müll, und in seinem kurzen Fall nahm es die große Liebe mit sich.

Aber in jener Nacht kam es mir vor, als sei sie zurückgekehrt.

Als der Tag anbrach, ist Jo verschwunden. Seit einem Monat hat er jeden Morgen von sieben Uhr dreißig bis neun Uhr eine Weiterbildung, um Vorarbeiter zu werden und seinen Träumen näher zu kommen.

Aber deine Träume, mein Schatz, die kann ich dir jetzt erfüllen; sie sind nicht teuer, deine Träume. Ein Flachbildschirm von Sony 52': 1400 Euro. Ein Chronograph von Seiko: 400 Euro. Ein Kamin im Wohnzimmer: 500 Euro plus 1500 für den Einbau. Ein Porsche

Cayenne: 89 000 Euro. Und deine komplette Sammlung von *James Bond*, zweiundzwanzig Filme: 170 Euro.

Das ist grauenhaft. Was für absurde Gedanken.

Was mir zustößt, macht mir Angst.

Ich habe einen Termin mit *Française des Jeux*, in Boulogne-Billancourt, bei Paris.

Ich habe den frühen Zug genommen. Ich habe Jo gesagt, ich sei mit Lieferanten verabredet: Synextile, Eurotessile und Filagil Sabarent; ich komme spät nach Hause, warte nicht auf mich. Im Kühlschrank ist Hühnerbrust und Ratatouille zum Aufwärmen.

Er hat mich zum Bahnhof gebracht, dann ist er zur Fabrik gerannt, um pünktlich zu seiner Fortbildung zu kommen.

Im Zug denke ich an die Träume der Zwillinge, an ihre Enttäuschung jeden Freitagabend, wenn die Kugeln fallen und andere Zahlen tragen als ihre ausgedachten, ihre überlegten, gewogenen, abgewogenen Zahlen.

Ich denke an meine Gemeinde von *Zehngoldfinger*, diese fünftausend Dornröschen, die davon träumen, sich an der Spindel ihres Spinnrads zu stechen, um von einem Kuss geweckt zu werden.

Ich denke an Papas Sechsminutenschleife. An die Vergeblichkeit der Dinge. An das, was Geld nicht reparieren kann.

Ich denke an alles, was Maman nicht bekommen hat, wovon sie träumte und was ich ihr jetzt schenken könnte; eine Reise auf dem Nil, eine Saint-Laurent-Jacke, eine Kelly-Tasche, eine Putzfrau, eine Keramikkrone anstatt dieser hässlichen Goldkrone, die ihr wunderbares Lächeln trübte, eine Wohnung in der Rue des Teinturiers, einen Abend in Paris, Moulin Rouge und Mollard, der König der Austern, und Enkelkinder. Sie sagte immer: Großmütter sind bessere Mütter, eine Mutter hat zu viel damit zu tun, Frau zu sein. Meine Mutter fehlt mir ebenso sehr wie am Tag ihres Sturzes. Mir ist immer noch kalt bei ihr. Ich weine immer noch. Wem soll ich achtzehn Millionen fünfhundertsiebenundvierzigtausenddreihunderteinen Euro und achtundzwanzig Cent geben, damit sie zurückkommt?

Ich denke an mich, an alles, was ich mir jetzt leisten könnte, und ich habe auf nichts Lust. Nichts, was alles Gold der Welt mir bieten könnte. Geht es vielleicht allen so?

Die Empfangsdame ist reizend: Ah! Sie sind das Arras-Los.

Sie lässt mich in einem kleinen Salon Platz nehmen, bietet mir etwas zu lesen an, Tee oder Kaffee.

Danke, sage ich, ich habe seit heute früh schon drei Tassen getrunken, und gleich fühle ich mich dumm, so provinziell, so tramplig. Kurz danach kommt sie mich holen und begleitet mich zum Büro eines gewissen Hervé Meunier, der mich mit offenen Armen empfängt.

Oha, Sie haben uns ganz schön schwitzen lassen, sagt er lachend, aber jetzt sind Sie endlich da, das ist die Hauptsache. Bitte setzen Sie sich doch. Machen Sie es sich bequem. Fühlen Sie sich wie zu Hause.

Mein *Zuhause* ist ein großes Büro; der Teppichboden ist dick, ich ziehe unauffällig einen Fuß aus meinen flachen Schuhen, um ihn zu liebkosen und ein bisschen darin zu versinken; eine diskrete Klimaanlage verbreitet angenehme Luft, und hinter den Fensterscheiben stehen andere Bürogebäude. Riesige Gemälde, Hoppers in Schwarzweiß.

Hier ist der Ausgangspunkt der neuen Leben. Hier, wenn man Hervé Meunier gegenübersitzt, entdeckt man den Zaubertrank. Hier erhält man den Talisman, der das Leben verändert.

Den Gral.

Den Scheck.

Den Scheck auf Ihren Namen. Auf den Namen Jocelyne Guerbette. Einen Scheck über 18547301 Euro und 28 Cent.

Er bittet mich um den Lottoschein und meinen Ausweis. Er überprüft. Macht einen kurzen Anruf.

Der Scheck ist in zwei Minuten fertig. Wollen Sie einen Kaffee? Wir haben die ganze Nespresso-Palette.

Diesmal antworte ich nicht.

Wie Sie wollen. Ich persönlich bin süchtig nach Livanto, wegen seines cremigen, weichen, vollmundigen Geschmacks, gut, also, inzwischen würde ich Sie gern zu einem Kollegen begleiten. Sie *müssen* sogar mit ihm sprechen.

Ein Psychologe. Ich wusste nicht, dass Achtzehn-Millionen-Euro-Haben eine Krankheit ist. Aber ich verkneife mir jeden Kommentar.

Der Psychologe ist eine Psychologin. Sie sieht aus wie Emmanuelle Béart, sie hat die gleichen Daisy-Duck-Lippen, so aufgeblasen, sagt mein Jo, dass sie platzen würden, wenn man hineinbeißt. Sie trägt ein schwarzes Kostüm, das ihre Plastik (wie bei *plastischer Chirurgie*) unterstreicht, reicht mir eine knochige Hand und sagt: Es dauert nicht lange. Sie braucht vierzig Minuten, um mir zu erklären, dass das, was mir passiert, eine große Chance und ein großes Unglück ist. Ich bin reich. Ich werde mir kaufen können, was ich will. Ich werde Geschenke machen können. Aber aufgepasst. Ich muss mich hüten. Denn wenn man Geld hat, wird man plötzlich geliebt.

Unbekannte lieben Sie plötzlich. Sie werden Ihnen Heiratsanträge machen. Sie werden Ihnen Gedichte schreiben. Liebesbriefe. Hassbriefe. Man wird Sie um Geld bitten, um die Leukämie eines kleinen Mädchens zu heilen, das Jocelyne heißt, wie Sie. Man wird Ihnen Fotos eines gequälten Hundes schicken und Sie bitten, seine Patin, seine Retterin zu sein; man wird Ihnen versprechen, dass ein Tierheim, Hundefutter, Pastete, ein Hundewettkampf Ihren Namen erhalten. Die Mutter eines an Muskelschwund leidenden Kindes wird Ihnen ein anrührendes Video schicken, auf dem Sie ihren Kleinen auf der Treppe hinfallen, mit dem Kopf gegen die Wand schlagen sehen, und sie wird Sie um Geld bitten, um einen Fahrstuhl im Haus einzubauen.

Eine andere wird Ihnen Fotos ihrer eigenen Mutter schicken, die sabbert und inkontinent ist, und sie wird Sie mit Worten voller Tränen und Schmerz um Geld bitten, um ihr eine Hauspflegerin zu bezahlen, sie wird Ihnen sogar das Formular schicken, damit Sie Ihre Spende von den Steuern absetzen können. Eine Guerbette aus Pointe-à-Pitre wird sich als Ihre Cousine vorstellen und Sie um Geld für das Flugticket bitten, um Sie besuchen zu kommen, dann um das Geld für eine Wohnung und um Geld, damit sie ihren Freund, einen Wunderheiler, nachkommen lassen kann, der Sie von Ihren überflüssigen Kilos befreien wird. Ganz zu schweigen von den Bankern. Auf einmal zuckersüß. Schnurren hier, Katzbuckeln da. Steuerfreie Anlagen. Investieren Sie in den DOM. Das Malraux-Gesetz. Das Cellier-Gesetz. Gold, Stein und Edelsteine. Sie werden nichts über Steuern sagen. Über Vermögenssteuern. Steuerkontrollen. Oder über ihre eigenen Gebühren.

Ich verstehe, von welcher Krankheit die Psychologin spricht. Es ist die Krankheit derer, die nicht gewonnen haben, es sind ihre eigenen Ängste, mit denen sie mich infizieren wollen, wie eine Impfung des Bösen.

Ich protestiere: Es gibt doch aber Menschen, die überlebt haben. Ich habe nur achtzehn Millionen gewonnen. Was ist mit denen, die hundert, fünfzig oder auch nur dreißig Millionen gewonnen haben?

Ganz genau, antwortet die Psychologin mit geheimnisvoller Miene, ganz genau.

Jetzt, erst jetzt, nehme ich einen Kaffee an. Ein *Livato*,

glaube ich, oder ein *Livatino* vielleicht, auf jeden Fall cremig. Ein Stück Zucker, danke.

Es gab viele Selbstmorde, sagt sie mir. Viele, viele Depressionen, Scheidungen, Hass und Dramen. Wir haben Messerstechereien erlebt. Verletzungen mit dem Duschkopf. Verbrennungen mit Propangas. Zerstörte, vernichtete Familien. Verräterische Schwiegertöchter, zu Alkoholikern werdende Schwiegersöhne. Auftragsmorde; ja, wie im schlechten Film. Ich habe einen Mann erlebt, der demjenigen, der seine Frau umbringt, tausendfünfhundert Euro versprach. Sie hatte nicht mal siebzigtausend Euro gewonnen. Ein anderer hat zwei Fingerglieder abgeschnitten, um einen Geldkartencode zu erfahren. Falsche Unterschriften, falsche Schriften. Geld macht verrückt, Madame Guerbette, es ist die Ursache bei vier von fünf Verbrechen. Von jeder zweiten Depression. Ich kann Ihnen keinen Rat geben, schloss sie, nur diese Information. Wir haben eine psychologische Beratungsstelle, wenn Sie es wünschen. Sie stellt ihre Tasse hin, in die sie ihre Daisyduck'schen Lippen nicht mal eingetaucht hat. Haben Sie es Ihren Nächsten mitgeteilt?

Nein, antworte ich.

Wunderbar, sagt sie. Wir können Ihnen helfen, es ihnen zu sagen, die richtigen Worte zu finden, um den Schock zu mildern, denn das wird ein Schock, Sie werden sehen. Haben Sie Kinder?

Ich nicke.

Nun, sie werden Sie nicht mehr nur als Mutter ansehen, sondern als reiche Mutter, und sie werden ihren

Anteil verlangen. Und Ihr Gatte, vielleicht hat er eine bescheidene Arbeit, nun, er wird aufhören wollen zu arbeiten, sich um *Ihr* Vermögen kümmern, für ihn wird es Ihr gemeinsames Vermögen sein, da er Sie liebt, o ja, er wird Ihnen sagen, dass er Sie liebt, in den nächsten Tagen und Monaten, er wird Ihnen Blumen schenken …

Dagegen bin ich allergisch, unterbreche ich sie.

… Schokolade, ich weiß nicht was, fährt sie fort, auf jeden Fall wird er Sie verwöhnen, wird er Sie einschläfern, wird er Sie vergiften. Das ist ein vorgezeichnetes Szenario, Madame Guerbette, seit langem festgelegt, die Begierde zerstört alles, was ihr in den Weg kommt; denken Sie nur an die Borgia, die Agnelli und erst kürzlich die Bettencourt.

Dann muss ich ihr versichern, dass ich wirklich verstanden habe, was sie gesagt hat. Sie reicht mir ein kleines Kärtchen mit vier Notrufnummern: Zögern Sie nicht, uns anzurufen, Madame Guerbette, und vergessen Sie nicht – fortan wird man Sie für etwas anderes lieben als für Sie selbst.

Dann bringt sie mich zurück zu Hervé Meunier.

Der mit blitzenden Zähnen lächelt.

Seine Zähne erinnern mich an die des Verkäufers unseres ersten Gebrauchtwagens, eines blauen Ford Escort von 1983, an einem Märzsonntag auf dem Parkplatz vor dem Supermarkt Leclerc. Es regnete.

Ihr Scheck, sagt er. Bitteschön. Achtzehn Millionen fünfhundertsiebenundvierzigtausenddreihunderteinen Euro und achtundzwanzig Cent, liest er langsam, wie ein Todesurteil. Sind Sie sicher, dass Sie nicht lieber eine Überweisung haben wollen?

Ich bin sicher.

Obwohl ich mir bei gar nichts mehr sicher bin.

Mein Zug nach Arras geht in sieben Stunden.

Ich könnte Hervé Meunier, wenn er es mir doch anbietet, bitten, meine Fahrkarte umzutauschen, einen früheren Zug zu reservieren, aber draußen ist es schön. Ich will ein bisschen laufen. Ich brauche Luft. Daisy Duck hat mich k.o. geschlagen. Ich kann nicht glauben, dass sich ein Mörder oder auch nur ein Lügner oder Dieb in meinem Jo verkriecht. Nicht glauben, dass mich meine Kinder mit den Augen von Dagobert Duck ansehen werden, aus denen in den Comic-Heften meiner Kindheit die $-Zeichen sprangen, wenn er etwas erblickte, was er begehrte.

Die Begierde zerstört alles, was ihr in den Weg kommt, hatte sie gesagt.

Hervé Meunier bringt mich bis vor die Tür. Er wünscht mir viel Glück: Ich glaube, Sie sind ein guter Mensch, Madame Guerbette.

Ein guter Mensch, von wegen. Ein Mensch mit achtzehn Millionen, das ja. Ein Vermögen, das ihm seine Katzbuckelei niemals einbringen wird. Es ist komisch, wie oft man bei Lakaien das Gefühl hat, sie besäßen den

Reichtum ihrer Herren. Das geht so weit, dass man versucht ist, sich zu ihrem Lakaien zu machen. Der Lakai des Lakaien.

Übertreiben Sie nicht, Monsieur Meunier, sage ich und ziehe meine Hand zurück, die er mit feuchter Eindringlichkeit festhält. Er senkt die Augen und geht ins Haus zurück, öffnet mit seinem Badge die Drehtür. Er wird in sein schickes Büro zurückkehren, in dem ihm nichts gehört, nicht mal der dicke Teppichboden oder das Gemälde mit den Hochhäusern an seiner Wand. Er ist ein Verwandter der Bankkassierer, die tagtäglich Tausende Geldscheine zählen, die ihnen lediglich die Finger verbrennen.

Bis zu dem Tag, wo.

Ich gehe die Rue Jean-Jaurès bis zur Metrostation Boulogne-Jean-Jaurès entlang, Linie 10, Richtung Gare d'Austerlitz, umsteigen in Motte-Picquet. Ich schaue auf meinen Zettel. Linie 8, Richtung Créteil-Préfecture, Madeleine aussteigen, den Boulevard de la Madeleine überqueren, die Rue Duphot entlang und links die Rue Cambon bis zur Nummer 31.

Ich habe kaum Zeit, die Hand auszustrecken, da öffnet sich der Laden dank der Aufmerksamkeit eines Türstehers wie von selbst. Zwei Schritte, und ich betrete eine andere Welt. Es ist kühl. Das Licht ist sanft. Die Verkäuferinnen sind schön, diskret; eine kommt zu mir, flüstert: Kann ich Ihnen helfen, Madame?

Ich schaue nur, ich schaue, murmele ich beeindruckt, sie aber schaut mich an.

Mein grauer Mantel, alt, aber so unglaublich bequem, meine flachen Schuhe – ich habe sie heute früh angezogen, weil meine Beine im Zug immer anschwellen –, meine unförmige, abgewetzte Tasche; sie lächelt: Fragen Sie nur, wann immer Sie wollen.

Sie entfernt sich, diskret, stilvoll.

Ich gehe zu einer hübschen zweifarbigen Jacke aus Leinentweed und Baumwolle, 2490 Euro. Die Zwillinge wären begeistert. Ich müsste zwei kaufen, 4980 Euro. Schöne Sandalen aus PVC, Absatz 90 mm, 1950 Euro. Facettierte Lammfellhandschuhe, 650 Euro. Eine ganz einfache Armbanduhr aus weißer Keramik, 3100 Euro. Eine entzückende Krokodilledertasche, Maman hätte sie geliebt, sich aber nie getraut; Preis auf Nachfrage.

Bei wie viel fängt ein Preis auf Nachfrage an?

Plötzlich läuft eine Schauspielerin, an deren Namen ich mich nie erinnere, durch das Geschäft. Sie hat eine große Tüte in jeder Hand. Sie geht so dicht an mir vorbei, dass ich den Duft ihres Parfums rieche, etwas Schweres, ein bisschen abstoßend, irgendwie sexuell. Der Türsteher verneigt sich, sie bemerkt es nicht. Draußen stürzt ihr Fahrer herbei, greift nach den beiden Tüten. Sie steigt in ein großes schwarzes Auto und verschwindet, wie hineingesaugt, hinter den schwarzen Scheiben.

Kino pur!

Auch ich, Jocelyne Guerbette, Kurzwarenhändlerin in Arras, könnte die Chanel-Boutique plündern, die Dienste eines Chauffeurs mieten und in einer Limousine herumfahren; aber wozu? Was ich im Gesicht der Schauspielerin an Einsamkeit gesehen habe, hat mich erschreckt. Deshalb verlasse ich diskret die Traumboutique, die Verkäuferin schenkt mir ein höflich bedauerndes Lächeln, der Türsteher hält mir die Tür auf, aber ich habe kein Anrecht auf eine Verbeugung – oder ich bemerke sie auch nicht.

Draußen ist es frisch. Der Lärm der Autohupen, die Drohungen der Ungeduld, die Mordlust der Autofahrer, die Kamikazekuriere in der Rue de Rivoli, nur ein paar Dutzend Meter entfernt, das alles beruhigt mich auf einmal. Kein dicker Teppichboden mehr, keine schmierigen Verbeugungen. Endlich ganz ordinäre Gewalt. Banaler Schmerz. Traurigkeit, die im Innern bleibt. Brutale, geradezu animalische chemische Gerüche, wie in Arras hinter dem Bahnhof. Mein richtiges Leben.

Ich gehe in Richtung Tuilerien und drücke meine hässliche Tasche an mich, meinen *Tresor*; Jo hat gesagt, ich soll mit den Gaunern in Paris aufpassen. Es gibt Kinderbanden, die einen ausplündern, ohne dass man es merkt. Bettlerinnen mit Neugeborenen, die niemals weinen, sich kaum bewegen, mit Schlaftabletten betäubt werden. Ich denke an den *Gaukler* von Hieronymus Bosch, Maman liebte das Bild, sie liebte jedes Detail darauf, zum Beispiel die Muskatnüsse auf dem Tisch des Schwindlers.

Ich gehe die Allée de Diane bis zur nördlichen Exedra, dort setze ich mich auf eine kleine Steinbank. Vor meinen Füßen ist ein Sonnenfleck. Plötzlich habe ich Lust, Däumelinchen zu sein. In diese Goldpfütze einzutauchen. Mich darin aufzuwärmen. Darin zu verbrennen.

Obwohl die Luftpartikel von Autos und grässlichen Scootern umzingelt, zwischen der Rue de Rivoli und dem Quai Voltaire eingequetscht sind, kommen sie mir hier seltsamerweise reiner, sauberer vor. Ich weiß schon, dass das nicht möglich, dass es die Frucht meiner Phantasie, meiner Angst ist. Ich hole das Sandwich aus der Tasche, Jo hat es mir heute Morgen geschmiert, als es draußen noch dunkel war. Zwei Scheiben Brot, Thunfisch und ein hartes Ei. Ich habe gesagt: Lass doch, ich kaufe mir etwas am Bahnhof, aber er hat darauf bestanden: Das sind Halsabschneider, vor allem in den Bahnhöfen, sie verkaufen dir ein Sandwich für acht Euro, und es ist nicht so gut wie meins, wahrscheinlich ist es auch nicht frisch.

Mein Jo. Mein Fürsorglicher. Dein Sandwich ist lecker.

Ein paar Meter entfernt steht eine Statue von Apoll, der Daphne verfolgt, und eine von Daphne, die von Apoll verfolgt wird. Weiter weg eine Aphrodite Kallipygos, *kallipygos*, ein Adjektiv, dessen Bedeutung ich im Zeichenunterricht gelernt habe: mit schönem Hintern. Also großem, dickem. Wie meiner. Und da sitze ich, irgendjemand aus Arras, auf meinem schönen Hintern in den Tuilerien und esse ein Sandwich, wie eine Studentin, obwohl ich ein Vermögen in meiner Tasche habe.

Ein beängstigendes Vermögen, weil mir plötzlich bewusst wird, dass Jo recht hat.

Selbst für acht, zwölf oder fünfzehn Euro wäre kein Sandwich so gut wie seins.

Später, ich habe noch Zeit, ehe mein Zug fährt, gehe ich im Marché Saint-Pierre in der Rue Charles Nodier stöbern. Das ist meine Schatzhöhle.

Meine Hände streichen über Stoffe, meine Finger zittern bei der Berührung von Organdy, feinem Wollfilz, Jute, Patchworks. Hier spüre ich den Rausch, den die Frau in dem wunderbaren Werbefilm verspürt haben muss, die eine ganze Nacht bei Sephora eingeschlossen war. Alles Gold der Welt würde diesen Taumel nicht aufwiegen. Hier sind alle Frauen schön. Ihre Augen glänzen. Beim Anblick eines Stück Stoffs stellen sie sich schon ein Kleid, ein Kissen, eine Puppe vor. Sie fabrizieren Träume, sie halten die Schönheit der Welt in ihren Händen. Bevor ich gehe, kaufe ich Bembergseide, ein paar Polypropylenriemen, Baumwollzackenlitze und Perlentroddeln.

Das Glück kostet nicht mal vierzig Euro.

Während der fünfzigminütigen Fahrt döse ich in der gedämpften Atmosphäre des TGV. Ich frage mich, ob es Romain und Nadine an nichts fehlt, jetzt, wo ich ihnen alles schenken kann. Romain könnte seine eigene Crêperie aufmachen. Nadine alle Filme drehen, die sie will, und nicht vom Erfolg abhängig sein, um ein anständiges Leben zu führen. Aber wiegt das die Zeit auf, die wir nicht miteinander verbracht haben? Die Ferien ohne einander, die Sehnsucht, die Stunden voller Einsamkeit und Kälte? Die Ängste?

Verringert das Geld die Entfernungen, bringt es die Menschen einander näher?

Und du, mein Jo, wenn du das alles wüsstest, was würdest du tun? Sag mir, was du tun würdest!

Jo erwartete mich am Bahnhof.

Als er mich sah, lief er schneller, allerdings ohne zu rennen. Er nahm mich in die Arme, auf dem Bahnsteig. Dieser unerwartete Überschwang überraschte mich. Ich lachte, beinahe verlegen: Jo, Jo, was ist los?

Jo, flüsterte er mir ins Ohr, ich bin froh, dass du zurückgekommen bist.

Na bitte.

Je größer die Lügen sind, desto weniger sieht man sie kommen.

Er löste seine Umarmung, seine Hand glitt bis zu meiner herab, und wir liefen nach Hause. Ich erzählte ihm von meinem Tag. Ich erfand rasch ein Treffen mit Filagil Sabarent, einem Großhändler im 3. Arrondissement. Ich zeigte ihm die Schätze, die ich im Marché Saint-Pierre gekauft hatte.

Und mein Sandwich, war mein Sandwich gut?, fragte er.

Ich stellte mich auf die Zehenspitzen und küsste seinen Hals: Das beste der Welt. Wie du.

Françoise kam in den Laden gestürzt.

Na bitte!, rief sie, sie hat ihren Scheck abgeholt! Es ist eine Frau. Da steht's, in *La Voix du Nord*, jemand aus Arras, der anonym bleiben will. Da, lies selbst! Stell dir vor, sie hat bis zur letzten Minute gewartet! Ich wäre sofort hingegangen, ich hätte viel zu viel Angst gehabt, dass sie es mir nicht auszahlen. Achtzehn Millionen, stell dir vor, Jo, na gut, es sind nicht die hundert Millionen von Venelles, aber da haben sie zu fünfzehnt gespielt, also hat jeder sechs Millionen bekommen, und hier sind es achtzehn Millionen für sie allein, achtzehn Millionen, mehr als hundert Jahre Mindestlohn, Jo, tausend Jahre, Scheiße noch mal!

Dann kam Danièle. Sie war ganz rot. Sie brachte drei Kaffee mit. Oh, là là, seufzte sie, das ist vielleicht eine Geschichte. Ich war am Kiosk, niemand weiß, wer es ist. Nicht mal dieser Schnüffler von Shamponneur bei Jean-Jac.

Françoise unterbrach sie: Wir werden bald einen Maserati oder einen Cayenne auftauchen sehen, dann wissen wir, wer es ist.

Das ist doch kein Frauenauto, eher ein Mini oder ein Fiat 500.

Ich mische mich ein, die Spielverderberin: Vielleicht kauft sie sich kein Auto, vielleicht ändert sie nichts an ihrem Leben.

Die Zwillinge lachten mich aus: Du würdest wohl nichts ändern? Du würdest hier in deinem kleinen Laden bleiben und Stoff verkaufen, um arme Frauen zu beschäftigen, die sich langweilen und nicht mal den Mut haben, sich einen Liebhaber zu nehmen? O nein! Du würdest das Gleiche wie wir machen, du würdest dein Leben ändern, du würdest dir ein schönes Haus am Meer kaufen, vielleicht in Griechenland, du würdest dir eine schöne Reise, ein schönes Auto leisten, du würdest deine Kinder verwöhnen, und deine Freundinnen, ergänzte Françoise; du würdest dir eine neue Garderobe zulegen, du würdest zum Einkaufen nach Paris fahren, du würdest nie mehr auf den Preis von etwas schauen, und weil du ein schlechtes Gewissen haben würdest, würdest du sogar etwas für die Krebshilfe spenden. Oder für MS-Kranke.

Ich zuckte mit den Schultern. Das kann ich alles machen, ohne gewonnen zu haben, sagte ich.

Ja, aber das ist nicht dasselbe, widersprachen sie, ganz und gar nicht dasselbe. Du kannst nicht ...

Eine Kundin kam herein, brachte uns zum Schweigen, ließ uns unser Kichern herunterschlucken.

Sie sah sich ohne großes Interesse die Taschenhenkel an, nahm einen aus starrem Manilahanf in die Hand, dann drehte sie sich um und fragte mich nach Jo. Ich beruhigte sie, dankte ihr.

Ich hoffe, er hat sich über meine Weste gefreut, sagte sie, eine grüne Weste mit Holzknöpfen, dann vertraute sie mir mit einem Schluchzen an, ihre große Tochter sei im Krankenhaus, sie werde an dieser gemeinen Grippe sterben. Ich weiß nicht mehr, was ich tun und was ich ihr sagen soll. Sie finden so schöne Worte in Ihrem Blog, Jo, was kann ich zu ihr sagen, um Abschied von ihr zu nehmen? Können Sie mir die Worte geben? Bitte!

Danièle und Françoise verdrückten sich. Selbst wenn sie achtzehn Millionen hätten, selbst wenn wir alle achtzehn Millionen hätten, hatten wir plötzlich gar nichts mehr, als wir vor dieser Mutter standen.

Als wir ins Krankenhaus kamen, war ihre Tochter auf die Intensivstation verlegt worden.

Ich hatte den Scheck unter der Einlegesohle eines alten Schuhs versteckt.

Manchmal wartete ich nachts, bis Jo schnarchte, stand auf, ging geräuschlos zum Kleiderschrank, steckte die Hand in den Schuh und holte den Papierschatz heraus. Dann schloss ich mich im Badezimmer ein, setzte mich auf die Toilette, faltete das Papier auseinander und starrte es an.

Von den Zahlen wurde mir schwindlig.

An meinem achtzehnten Geburtstag hatte mein Vater mir in Francs gegeben, was heute zweitausendfünfhundert Euro wären. Das ist viel Geld, hatte er gesagt. Damit kannst du die Kaution für eine Wohnung bezahlen, du kannst eine schöne Reise machen, du kannst dir alle Modebücher kaufen, die du haben willst, oder einen kleinen Gebrauchtwagen, wenn du das lieber möchtest; und damals fühlte ich mich reich. Heute verstehe ich, dass ich durch sein Vertrauen reich war; das ist der größte Reichtum.

Ein Klischee, ich weiß. Aber wahr.

Vor dem Schlaganfall, der ihn seither in einer Schleife von sechs Minuten Gegenwart gefangen hält, hatte er mehr als zwanzig Jahre bei ADMC gearbeitet, der Chemiefabrik in Tilloy-les-Mofflaines, vier Kilometer von Arras entfernt. Er kontrollierte die Herstellung von Didecylammoniumchlorid und Glutaraldehyd. Maman verlangte, dass er abends sofort unter die Dusche ging, wenn er nach Hause kam. Papa lächelte und kam diesem Verlangen gern nach. Glutaraldehyd war immerhin wasserlöslich, Didecylchlorid nicht. Aber niemals färbten sich zu Hause die Tomaten blau, explodierten die Eier oder wuchsen uns Tentakeln im Rücken. Offenbar vollbrachte die Kernseife Wunder.

Maman unterrichtete in der Grundschule Zeichnen und leitete jeden Mittwochabend ein Atelier mit Modellen im Musée des Beaux-Arts. Sie hatte einen wunderbaren Bleistiftstrich. Das Fotoalbum unserer Familie ist ein Zeichenheft. Meine Kindheit gleicht einem Kunstwerk. Maman war schön, und Papa liebte sie.

Ich starre diesen verfluchten Scheck an, und er starrt zurück.

Klagt mich an.

Ich weiß, dass man seine Eltern niemals genug verwöhnen kann, und wenn einem das bewusst wird, ist es schon zu spät. Für Romain bin ich nur noch eine Telefonnummer im Speicher seines Mobiltelefons, Erinnerungen an Ferien in Bray-Dunes und ein paar Sonntage in der Somme-Bucht. Er verwöhnt mich nicht, wie ich meine Eltern nicht verwöhnt habe. Wir geben unsere Fehler immer weiter. Bei Nadine ist es anders. Sie spricht nicht. Sie gibt. Wir müssen lernen zu dekodieren. Zu empfangen. Seit letztem Weihnachten schickt sie mir ihre kleinen Filme aus London über Internet.

Der letzte dauert eine Minute.

Es ist nur eine einzige Einstellung mit ziemlich rasanten Zoomeffekten. Man sieht eine alte Frau auf einem Bahnsteig, in Victoria Station. Sie hat weiße Haare, wie ein großer Schneeball. Sie ist aus einem Zug gestiegen, macht ein paar Schritte, dann stellt sie ihren zu schweren Koffer ab. Sie sieht sich um; die Menge umströmt sie wie Wasser einen Stein; und dann ist sie plötzlich ganz allein, winzig, vergessen. Die Frau ist keine Schauspielerin. Die Menge ist keine Menge von Statisten. Das ist ein echtes Bild. Echte Menschen. Eine echte Geschichte. Als Musik hat Nadine das Adagietto aus der 5. Symphonie von Mahler ausgewählt, und sie hat aus dieser Minute die anrührendste Minute gemacht, die ich je sehen durfte. Über den Schmerz des Verlassenseins. Des Verlustes. Der Angst. Über den Tod.

Ich falte den Scheck wieder zusammen. Ersticke ihn in meiner Faust.

Ich habe angefangen abzunehmen.

Ich glaube, das ist der Stress. Mittags gehe ich nicht mehr nach Hause, ich bleibe im Laden. Ich esse nichts. Die Zwillinge machen sich Sorgen, ich schiebe liegengebliebene Rechnungen, dringende Bestellungen, mein Blog vor. Ich habe jetzt fast achttausend Besucher täglich. Ich habe zugestimmt, dass es Werbung auf dem Blog gibt, von dem Geld kann ich Mado bezahlen. Seit eine Lungeninfektion im letzten Monat ihre große Tochter auf der Intensivstation dahingerafft hat, hat Mado Zeit. Jetzt hat sie Worte zu viel. Liebe zu viel. Sie quillt über von unnützen Dingen, Rezepten, die sie nie mehr kochen wird (Lauchkuchen, Biscuitrolle mit braunem Zucker), Kinderliedern für die Enkel, die sie nicht haben wird. Sie weint noch manchmal, mitten in einem Satz oder wenn sie ein Lied hört oder wenn ein junges Mädchen hereinkommt und Köperband oder Seidenrips für seine Mutter verlangt. Sie arbeitet jetzt bei uns. Sie beantwortet die Nachrichten, die auf *Zehngoldfinger* hinterlassen werden. Sie nimmt die Bestellungen an und leitet sie weiter, seit wir uns an einem kleinen Onlineshop versuchen. Ihre große Tochter hieß Barbara. Sie war so alt wie Romain.

Mado liebt die Zwillinge; sie sind verrückt, hat sie mir erklärt, aber was für ein *Pep*! Seit sie mir beim Blog hilft, probiert sie junge Wörter aus.

Was für ein *Biss*!

Jeden Mittwoch geht sie mit Danièle und Françoise in der Rue de la Taillerie im *Deux Frères* essen. Sie bestellen einen Salat, ein Perrier, manchmal ein Glas Wein, aber vor allem füllen sie ihre Lottoscheine aus. Sie wühlen in ihren Erinnerungen auf der Suche nach magischen Zahlen. Ein Geburtstag. Das Datum eines Rendezvous. Ihr Idealgewicht. Die Sozialversicherungsnummer. Die Hausnummer ihrer Kindheitswohnung. Das Datum eines Kusses, eines ersten Mals. Das unvergessene Datum eines untröstlichen Kummers. Eine Telefonnummer, die nicht mehr vergeben ist.

Jeden Mittwochnachmittag hat Mado, wenn sie zurückkommt, glänzende Augen, rund wie Lottokugeln. Und jeden Mittwochnachmittag sagt sie zu mir: O Jo, Jo, wenn ich gewinnen würde, Sie können sich nicht vorstellen, was ich alles machen würde!

Und heute frage ich sie zum ersten Mal: Was würden Sie denn machen, Mado?

Ich weiß nicht, antwortet sie. Aber es wäre phantastisch.

Heute habe ich die Liste angefangen.

Liste des Nötigen

- *Lampe für den Tisch im Flur*
- *Garderobenständer (Bistrostil)*
- *Tablett als Ablage für Schlüssel und Post (Secondhand im Internet?)*
- *Zwei Teflonpfannen*
- *Neue Mikrowelle*
- *Gemüsepresse*
- *Brotmesser*
- *Sparschäler (komisch, wenn man achtzehn Millionen hat!)*
- *Geschirrtücher*
- *Couscoustopf*
- *Zweimal Bettwäsche für unser Schlafzimmer*
- *Federbett und Bettbezug*
- *Rutschfester Teppich für die Badewanne*

- *Duschvorhang (kein Blumenmuster!)*
- *Kleiner Apothekenschrank (Wand)*
- *Vergrößerungsspiegel mit Leuchte (im Internet gesehen, Marke BaByliss, 62,56 Euro ohne Versand)*
- *Neue Epilierpinzette*
- *Pantoffeln für Jo*
- *Ohropax (wegen des Schnarchers!)*
- *Kleiner Teppich für Nadines Zimmer*
- *Neue Tasche (Chanel? Auch bei Dior nachsehen)*
- *Neuer Mantel (Nochmal zu Caroll, Rue Rouille gehen. Hübscher Mantel, 30 % Wolle, 70 % Alpaka. Sehr bequem. Macht mich schlanker.* 330 Euro)
- *Blackberry (für das Blog)*
- *Zugfahrkarte nach London (Mit Jo. Mindestens zwei Tage)*
- *Kleines Radio für die Küche*
- *Neues Bügelbrett*
- *Bügeleisen (sehr hübsches mit Dampfstation von Calor, bei Auchan gesehen, 300,99 Euro)*
- *Nagellackentferner und Repair-Maske für meine Haare (Marionnaud, 2,90 und 10,20 Euro)*

  Die Schöne des Herrn *(Wiederlesen. Als Taschenbuch bei Brunet gesehen)*
- *Ratgeber:* Erfolgreiche Geldanlage für Dummies
- *Slips und Socken für Jo*
- *Flachbildschirm (???)*
- *Kompletter* James Bond *auf DVD (???)*

Die Journalistin ist wiedergekommen.

Sie hat Croissants und ein kleines Aufnahmegerät mitgebracht. Ich kann mich nicht drücken:

Nein, ich weiß nicht, wie das angefangen hat. Ja, ich hatte Lust, mein Hobby zu teilen. Nein, ich habe nie gedacht, dass es so viele Frauen interessieren würde. Nein, *Zehngoldfinger* ist nicht zu verkaufen. Es ist nicht wegen des Geldes. Nein, ich glaube, dass man sich solche Sachen nicht mit Geld kaufen kann. Ja, es stimmt, ich verdiene Geld mit der Werbung. Davon kann ich ein Gehalt zahlen, das von Mado.

Ja, es macht mir Spaß und ja, ich bin stolz. Nein, es steigt mir nicht zu Kopfe und nein, man kann nicht wirklich von Erfolg sprechen. Ja, der Erfolg ist gefährlich, wenn man anfängt, nicht mehr an sich zu zweifeln. O ja, ich zweifle jeden Tag an mir. Nein, mein Mann hilft mir überhaupt nicht beim Blog. Er überlegt mit mir, wie man die Sachen lagern kann, ja, weil der Verkauf gut läuft; wir haben gestern sogar einen Kreuzstich-Kit nach Stalingrad geschickt.

Stalingrad?

Ich lache: Ich meine das Viertel in Paris. Nein, es gibt keine Botschaft in dem, was ich mache. Nur Spaß, Geduld. Ja, ich denke, dass nicht alles, was man von alters her machte, veraltet ist. Selbermachen ist etwas sehr Schönes; sich Zeit nehmen ist wichtig. Ja, ich denke, dass alles zu schnell geht. Wir sprechen zu schnell. Wir überlegen zu schnell, wenn wir überlegen. Wir schicken Mails und SMS, ohne sie noch einmal durchzulesen, wir verlieren die Eleganz der Orthographie, die Höflichkeit, den Sinn für die Dinge. Ich habe gesehen, dass Kinder Fotos von sich auf Facebook gestellt haben, auf denen sie sich übergeben. Nein, nein, ich bin nicht gegen den Fortschritt; ich habe nur Angst, dass er die Menschen noch mehr isoliert. Letzten Monat wollte ein junges Mädchen sterben, sie hat es ihren 237 Freunden angekündigt, und niemand hat ihr geantwortet. Wie bitte? Ja, sie ist tot. Sie hat sich aufgehängt. Niemand hat ihr gesagt, dass das zwanzig Minuten entsetzliches Leiden sind. Dass man immer gerettet werden möchte, dass nur die Stille auf das erstickte Flehen antwortet. Also, wenn Sie unbedingt eine Formel wollen, würde ich sagen, dass *Zehngoldfinger* wie die Finger an den Händen ist. Die Frauen sind die Finger und die Hände die Leidenschaft.

Darf ich das zitieren?

Nein, nein, das ist lächerlich.

Im Gegenteil, ich finde das sehr anrührend. Das ist ein hübsches Bild.

Dann schaltet sie ihr Aufnahmegerät aus.

Ich glaube, ich habe eine Menge toller Sätze für meinen Artikel, ich danke Ihnen, Jo. Ach ja, eine letzte Frage. Sie haben doch von der Einwohnerin von Arras gehört, die achtzehn Millionen im Lotto gewonnen hat?

Plötzlich werde ich misstrauisch: Ja.

Wenn Sie das wären, Jo, was würden Sie machen?

Ich weiß nicht, was ich antworten soll. Sie fährt fort: Würden Sie *Zehngoldfinger* ausbauen? Würden Sie den einsamen Frauen helfen? Würden Sie eine Stiftung gründen?

Ich stammle: Ich, ich weiß nicht. Das … das ist nicht passiert. Außerdem bin ich keine Heilige, wissen Sie. Mein Leben ist einfach, und ich liebe es, wie es ist.

Jo, ich danke Ihnen.

Papa, ich habe achtzehn Millionen gewonnen.

Papa starrt mich an. Er traut seinen Ohren nicht. Sein Mund verzieht sich zu einem Lächeln. Das sich in ein Lachen verwandelt. Erst ein nervöses, dann siegt die Freude. Er wischt die kleinen Tränen ab, die aus seinen Augen perlen: Das ist wunderbar, mein Töchterchen, du musst sehr glücklich sein. Hast du es Maman gesagt?

Ja, ich habe es Maman gesagt.

Und was wirst du mit dem vielen Geld machen, Jocelyne, weißt du das schon?

Das ist das Problem, Papa, ich weiß es nicht.

Was heißt, du weißt es nicht? Jeder würde wissen, was er mit so viel Geld anstellen würde. Du kannst ein neues Leben haben.

Aber ich liebe mein Leben, Papa. Glaubst du, Jo würde mich immer noch so lieben, wie ich bin, wenn er es wüsste?

Bist du verheiratet?, fragt er mich.

Ich senke die Augen. Ich will nicht, dass er meine Traurigkeit sieht.

Hast du Kinder, mein Schatz? Wenn du welche hast, verwöhn sie; man verwöhnt seine Kinder nie genug. Verwöhne ich dich, Jo?

Ja, Papa, jeden Tag. Ja, das ist gut. Du bringst uns zum Lachen, Maman und mich; auch wenn du beim Monopoly schummelst und schwörst, dass du nichts gemacht hast, dass der Fünfhunderterschein die ganze Zeit in deinem Stapel von Fünfern lag. Maman ist glücklich mit dir. Jeden Abend, wenn du nach Hause kommst, in dem Moment, wo sie deinen Schlüssel im Schloss hört, macht sie eine sehr schöne Bewegung: Sie streicht eine Strähne zurück, die hinter ihrem Ohr hervorrutscht, und schaut ganz rasch in den Spiegel, sie will schön sein für dich. Sie will dein Geschenk sein. Sie will deine Schöne sein, deine Schöne des Herrn.

Glaubst du, deine Mutter kommt bald? Sie soll mir nämlich die Zeitung und Rasierschaum mitbringen, er ist alle.

Sie kommt bald, Papa, sie kommt bald.

Das ist gut, das ist gut. Wie heißen Sie?

Sie sind so kurz, diese verdammten sechs Minuten.

An diesem Wochenende fährt Jo mit mir nach Le Touquet.

Ich habe noch mehr abgenommen, er macht sich Sorgen. Du arbeitest zu viel, sagt er. Der Laden, das Blog, Mados Schmerz. Du musst dich ausruhen.

Er hat ein Zimmer im einfachen Hôtel de la Forêt reserviert. Wir kommen gegen sechzehn Uhr dort an.

Auf der Autobahn haben uns sieben Porsche Cayenne überholt, ich habe jedes Mal seinen Seitenblick bemerkt. Seine kleinen Traumfunken. Sie glänzten stärker als sonst.

Wir erfrischen uns im feuchten Badezimmer, dann gehen wir durch die Rue Saint-Jean hinunter an den Strand. Er kauft mir im Chat Bleu Schokolade.

Du bist verrückt, flüstere ich ihm ins Ohr.

Du musst zu Kräften kommen, sagt er lächelnd. In Schokolade ist Magnesium, das ist gut gegen Stress.

Was du alles weißt, Jo.

Draußen nimmt er wieder meine Hand. Du bist ein wunderbarer Ehemann, Jo, ein großer Bruder, ein Vater, du bist alle Männer, die eine Frau brauchen kann.

Sogar ihr Feind; davor habe ich Angst.

Wir laufen lange über den Strand.

Strandsegler flitzen an uns vorbei, ihre Segel knallen und lassen mich jedes Mal zusammenzucken, wie in meiner Kindheit, wenn Schwalbenschwärme im Tiefflug am Haus meiner Großmutter vorbeiflogen. Außerhalb der Saison gleicht Le Touquet einer Postkarte. Rentner, Labradors, Reiter und ab und zu ein paar junge Frauen, die mit einem Kinderwagen über den Deich spazieren. Außerhalb der Saison ist Le Touquet außerhalb der Zeit. Der Wind peitscht uns ins Gesicht, die salzige Luft trocknet unsere Haut aus, wir zittern, wir sind mit uns im Reinen.

Wenn er es wüsste, das wäre Aufruhr, das wäre Krieg. Wenn er es wüsste, würde er dann nicht Inseln in der Sonne, saure Cocktails, heißen Sand wollen? Ein riesiges Zimmer, frische Laken, Champagner?

Wir laufen noch eine Stunde, dann kehren wir zu unserem Hotel zurück. Jo bleibt an der kleinen Bar stehen, bestellt ein alkoholfreies Bier. Ich gehe hoch, um zu baden.

Ich betrachte meinen nackten Körper im Badezimmerspiegel. Mein Schwimmring hat Luft verloren, meine Schenkel wirken schlanker. Ich habe einen Körper im Übergang zwischen zwei Gewichten. Einen unscharfen Körper. Aber ich finde ihn trotzdem schön. Bewegend. Er kündigt ein Aufblühen an. Eine neue Empfindsamkeit.

Ich sage mir, dass ich ihn hässlich finden würde, wenn ich sehr reich wäre. Ich würde alles neu machen wollen. Bruststraffung. Fettabsaugung. Abdominoplastik. Armplastik. Und vielleicht eine kleine Blepharoplastik.

Reich sein heißt, alles zu sehen, was hässlich ist, weil man die Überheblichkeit besitzt zu glauben, dass man alles ändern kann. Dass man nur dafür bezahlen muss.

Aber ich bin nicht reich. Ich besitze nur einen Scheck über achtzehn Millionen fünfhundertsiebenundvierzigtausenddreihunderteinen Euro und achtundzwanzig Cent, achtfach gefaltet, unter einer Einlegesohle versteckt. Ich besitze nur eine Versuchung. Die Möglichkeit eines anderen Lebens. Eines neuen Hauses. Eines neuen Fernsehers. Alles neu.

Aber nicht anders.

Später treffe ich meinen Mann im Speisesaal wieder. Er hat eine Flasche Wein bestellt. Wir stoßen an. Darauf, dass sich nichts ändert und alles bleibt, sagt er. *Nicht anders.*

Danke, da oben, dass ich den Scheck noch nicht eingelöst habe.

Liste meiner Wünsche

- *Allein mit Jo in den Urlaub fahren (Nicht auf dem Camping du Sourire. Toskana?)*
- *Für Papa ein neues Zimmer verlangen*
- *Mit Romain und Nadine an Mamans Grab gehen (Ihnen von ihr erzählen. Von ihrem Rosinenbrot erzählen. Lecker!)*
- *Meine Haare schneiden*
- *Rote, sexy Unterwäsche (Jo, du wirst durchdrehen!)*
- *Den Mantel von Caroll, bevor er weg ist, SCHNELL!*
- *Wohnzimmer neu einrichten (Flachbildschirm?)*
- *Die Garagentür gegen eine automatische austauschen*
- *Einmal bei Taillevent in Paris essen (Artikel in* Elle à Table *gelesen, bei dem einem das Wasser im Mund zusammenläuft)*

- *Eine Nacht lang bei Leberpastete auf Pfefferkuchen und leckerem Wein mit den Zwillingen über die Männer herziehen*
- *Jo bitten, einen Unterstand für die Mülltonnen im Hof zu bauen (Ich hasse Recycling!!!)*
- *Nochmal nach Étretat fahren*
- *Eine Woche mit Nadine in London verbringen (ihr Leben teilen. Zärtlichkeit. Ihr den* Kleinen Prinzen *vorlesen, mein Gott, ich bin verrückt!)*
- *Den Mut haben, Romain zu sagen, dass ich seine Freundin Weihnachten hässlich, vulgär und noch mal hässlich fand (ihm Geld schicken)*
- *Behandlung im Wellnesscenter (Massage. Caudalie? Simone Mahler?) Mich um mich kümmern. Sorry, keiner zu Hause!*
- *Besser essen*
- *Diät machen (beide)*
- *Am 14. Juli mit Jo einen Slow zu* L'Été indien *tanzen*
- *Den kompletten* James Bond *auf DVD (???)*
- *Die Journalistin zum Mittag einladen (ihrer Mutter ein Geschenk machen)*
- *Eine Chanel-Tasche*
- *Louboutin*
- *Hermès (Lauter Tücher ausbreiten lassen und sagen, na ja, ich überleg's mir!)*
- *Chronograph Seiko*
- *Allen sagen, dass ich die achtzehn Millionen gewonnen habe (ganz genau achtzehn Millionen fünfhundertsiebenundvierzigtausenddreihunderteinen Euro und achtundzwanzig Cent)*

- *Für meinen Reichtum verwünscht werden (Endlich!!!) (lustig, »verwünscht« in die Liste meiner Wünsche zu schreiben)*
- *Bei Porsche vorbeigehen (Lille? Amiens?). Kataloge über den Cayenne verlangen*
- *Wenigstens einmal Johnny Hallyday im Konzert erleben, bevor er stirbt*
- *Peugeot 308 mit GPS (???)*
- *Dass man mir sagt, dass ich schön bin*

Beinahe hätte ich einen Liebhaber gehabt.

Kurz nach der Geburt von Nadèges totem Körper. Als Jo zu Hause Geschirr zerschlagen hat und aufhörte, abends träge vor dem Radiola acht oder neun Bier zu trinken.

Da nämlich wurde er gemein.

Betrunken war er nur noch eine große Stoffpuppe. Schlaff und alles, was eine Frau an einem Mann abstößt, vulgär, egoistisch, gedankenlos. Aber er blieb ruhig. Eine Puppe.

Nein, Jo ist durch Nüchternheit grausam geworden. Am Anfang schob ich es auf den Entzug. Er hatte seine zehn Bier durch doppelt so viele Tourtel ersetzt. Fast so, als wollte er sie alle trinken, um das berühmte eine Prozent Alkohol zu finden, das sie nach der winzig klein gedruckten Warnung auf dem Etikett enthalten sollen, und die Trunkenheit zu erreichen, die ihm fehlte. Aber am Grund der Flaschen und seiner selbst war nur diese Bosheit. Die in seinem Mund abgehangenen Worte: Dein dicker Körper hat Nadège erstickt. Jedes Mal, wenn du dich hingesetzt hast, hast du sie erwürgt. Mein Kleines ist tot, weil du nicht auf dich geachtet hast. Dein Körper ist eine Mülltonne, meine arme Jo, eine dicke, widerliche Mülltonne. Eine Sau. Du bist eine Sau. Eine gottverdammte Sau.

Ich habe die volle Ladung abgekriegt.

Ich antwortete nicht. Ich sagte mir, dass er entsetzlich litt. Dass ihn der Tod unserer kleinen Tochter wahnsinnig machte und dass er diesen Wahnsinn gegen mich richtete. Es war ein schwarzes Jahr, nichts als Finsternis. Ich stand nachts auf und weinte im Zimmer von Nadine, die mit geballten Fäusten schlief. Ich wollte nicht, dass er mich hörte, dass er sah, wie sehr er mir wehtat. Ich wollte diese Schande nicht. Hundertmal dachte ich daran, mit den Kindern zu fliehen, und dann sagte ich mir, es wird vorbeigehen. Sein Schmerz würde schließlich weniger werden, schwinden, uns verlassen. Manchmal ist ein Unglück so groß, dass man es gehen lassen muss. Man kann nicht alles bewahren, alles zurückhalten. Ich streckte die Arme ins Dunkel; ich öffnete sie und hoffte, meine Mutter würde sich an mich schmiegen. Ich betete, dass ihre Wärme auf mich strahlen, dass mich die Dunkelheit nicht mitreißen sollte. Aber mit dem Schmerz der Männer sind die Frauen immer allein.

Dass ich damals nicht gestorben bin, lag an einem kleinen, banalen Satz. Dann an der Stimme, die ihn ausgesprochen hat. Dann an dem Mund, aus dem sie gekommen ist. Dann an dem schönen Gesicht, in dem dieser Mund lächelte.

Lassen Sie mich Ihnen helfen.«

Nizza, 1994.

Vor acht Monaten hatten wir Nadèges Körper beerdigt. Ein schrecklicher lackierter weißer Sarg. Zwei Granittauben, die vom Grabstein aufflogen. Ich hatte mich übergeben, ich hatte es nicht ertragen. Der alte Doktor Caron hatte mir Medikamente verschrieben. Dann Erholung. Dann frische Luft.

Es war Juni. Jo und die Kinder blieben in Arras. Die Fabrik, das Schuljahresende; ihre Abende ohne mich; Gerichte in der Mikrowelle aufwärmen, Videokassetten sehen, blöde Filme, die man anzusehen wagt, wenn Maman nicht da ist; Abende, an denen man sich sagte, dass sie bald zurückkommt, dass es dann besser gehen wird. Eine kleine Trauer.

Ich hatte dem alten Doktor Caron gesagt, dass ich Jos Grausamkeit nicht mehr ertrug. Ich hatte Dinge offenbart, die ich nie zuvor ausgesprochen hatte. Schwächen, meine Ängste als Frau. Ich hatte mein Grauen ausgesprochen. Ich hatte mich geschämt, ich war erstarrt, versteinert. Ich hatte geweint, gesabbert, gefangen in seinen alten knochigen Armen wie in einer Klammer.

Ich hatte aus Abscheu über meinen Mann geweint. Ich hatte meinen mörderischen Körper geritzt; die Spitze des Fleischmessers hatte Schreie auf meine Unterarme gezeichnet; ich hatte mein Gesicht mit meinem schuldigen Blut beschmiert. Ich war verrückt geworden. Jos Grausamkeit hatte mich ausgezehrt, hatte meine Kräfte zermürbt. Ich hatte mir die Zunge abgeschnitten, um ihn zum Schweigen zu bringen, ich hatte mir die Ohren abgerissen, um ihn nicht mehr zu hören.

Und als der alte Doktor Caron mit seinem schlechten Atem sagte, ich schicke Sie zur Kur, ganz allein, drei Wochen, ich werde Sie retten, Jocelyne, da brachte sein schlechter Atem das Licht.

Und ich war weggefahren.

Nizza, Centre Sainte-Geneviève. Die Dominikanernonnen waren reizend. Beim Anblick ihres Lächelns hätte man meinen können, es gebe keine menschliche Abscheulichkeit, die sie nicht verstehen und deshalb vergeben würden. Ihre Gesichter strahlten wie die der Heiligen auf den kleinen Lesezeichen in den Messbüchern unserer Kindheit.

Ich teilte das Zimmer mit einer Frau in dem Alter, das meine Mutter gehabt hätte. Wir waren beide, wie die Schwestern sagten, *leichte* Patientinnen. Wir mussten uns erholen. Uns wiederfinden. Uns wiederentdecken. Uns neu zu schätzen lernen. Uns endlich versöhnen. Als *leichte* Patientinnen hatten wir Anrecht auf Ausgang.

Jeden Tag bin ich nach der Mittagsruhe zum Strand gegangen.

Ein ungemütlicher Strand, voller Steine. Ohne das

Meer wäre er wie ein Stück Brachland. Um die Zeit, wo ich dort bin, brennt die Sonne auf den Rücken, wenn man aufs Meer schaut. Ich creme mich ein. Meine Arme sind zu kurz.

»Lassen Sie mich Ihnen helfen.«

Mein Herz macht einen Sprung. Ich drehe mich um.

Er sitzt zwei Meter entfernt. Er trägt ein weißes Hemd, eine beigefarbene Hose. Er ist barfuß. Wegen der Sonnenbrille sehe ich seine Augen nicht. Ich sehe seinen Mund. Seine fruchtfarbenen Lippen, aus denen soeben diese fünf kühnen Worte gekommen sind. Sie lächeln. Da drängt die uralte Vorsicht all meiner weiblichen Vorfahren an die Oberfläche.

»Das macht man nicht.«

»Was macht man nicht? Ihnen helfen wollen oder es annehmen?«

Mein Gott, ich werde rot. Ich greife nach meiner Bluse, lege sie mir über die Schultern.

»Ich wollte sowieso gerade gehen.«

»Ich auch«, sagt er.

Wir rühren uns nicht. Mein Herz rast. Er ist schön, und ich bin nicht hübsch. Er ist ein Jäger. Ein Verführer. Ein gemeiner Kerl, kein Zweifel. In Arras spricht dich niemand einfach so an. Kein Mann wagt es, mit dir zu reden, ohne vorher gefragt zu haben, ob du verheiratet bist. Oder auch nur, ob du mit jemandem zusammen bist. Er nicht. Er kommt herein, ohne anzuklopfen. Mit einem Schulterstoß. Stellt den Fuß in die Tür. Und das gefällt mir. Ich richte mich auf. Er steht schon. Er bietet mir seinen Arm an. Ich stütze mich darauf. Meine Finger spüren die Wärme seiner gebräunten Haut. Das Salz hat darauf Ritzspuren von schmutzigem Weiß zurückgelassen. Wir verlassen den Strand. Wir gehen die Promenade des Anglais entlang. Kaum ein Meter trennt uns. Etwas weiter, als wir vor dem Negrosco sind, greift seine Hand nach meinem Ellbogen; er führt mich über die Straße, als wäre ich blind. Ich mag diesen Schwindel. Ich schließe die Augen, bin ihm ganz und gar ausgeliefert. Wir betreten das Hotel. Mein Herz rast. Ich verliere den Verstand. Was ist mit mir los? Werde ich mit einem Unbekannten schlafen? Ich bin verrückt.

Aber sein Lächeln beruhigt mich. Dann seine Stimme.

»Kommen Sie. Ich lade Sie auf einen Tee ein.«

Er bestellt zwei Orange Pekoe.

»Das ist ein leichter Tee, er kommt aus Ceylon, nachmittags sehr angenehm zu trinken. Waren Sie schon mal in Ceylon?«

Ich lächle. Ich schlage die Augen nieder. Ich bin fünfzehn. Ein Backfisch.

»Das ist eine Insel im Indischen Ozean, kaum fünfzig Kilometer vor Indien. 1972 wurde sie zu Sri Lanka, als …«

Ich unterbreche ihn. »Warum machen Sie das?«

Er stellt sorgsam seine Tasse Orange Pekoe ab. Dann nimmt er mein Gesicht zwischen seine Hände. »Ich habe Sie vorhin von hinten am Strand gesehen, und die Einsamkeit Ihres Körpers hat mich gerührt.«

Er ist schön. Wie Vittorio Gassman in *Der Duft der Frauen*.

Da strecke ich ihm mein Gesicht entgegen, meine Lippen suchen seine, finden sie. Das ist ein seltener, unerwarteter Kuss; ein warmer Kuss, der nach Indischem Ozean schmeckt. Das ist ein Kuss, der dauert, ein Kuss, der alles ausdrückt; meine Sehnsucht, sein Begehren, mein Leiden, seine Ungeduld. Unser Kuss ist mein Entzücken, meine Rache, er ist all die Küsse, die ich nicht bekommen habe, der von Fabien Derôme in der fünften Klasse, der meines schüchternen Kavaliers bei *L'Été indien*, der von Philippe de Gouverne, den ich nie gewagt habe anzusprechen, der von Solal, vom Märchenprinzen, von Johnny Depp und Kevin Costner vor den Implantaten, alle Küsse, von denen die Mädchen träumen; die vor denen von Jocelyn Guerbette.

Ich schiebe meinen Unbekannten sanft zurück.

Mein Murmeln.

»Nein.«

Er bedrängt mich nicht.

Wenn er beim bloßen Anblick meines Rückens meine Seele lesen kann, erkennt er jetzt, als er mir in die Augen sieht, mein Entsetzen vor mir selbst.

Ich bin eine treue Frau. Jos Bosheit ist kein hinreichender Grund. Meine Einsamkeit ist kein hinreichender Grund.

Am nächsten Tag fuhr ich zurück nach Arras. Jos Wut hatte sich gelegt. Die Kinder hatten Croque-Monsieur vorbereitet und *Meine Lieder – meine Träume* ausgeliehen.

Aber nichts ist jemals so einfach.

Seit dem Artikel in *L'Observateur de l'Arrageois* ist es der blanke Wahnsinn.

Der Laden ist immer voll. *Zehngoldfinger* hat täglich elftausend Besucher. Wir haben jeden Tag mehr als vierzig Bestellungen in unserem kleinen Onlineshop. Ich bekomme jeden Morgen dreißig Lebensläufe. Das Telefon klingelt unaufhörlich. Man bittet mich, Nähwerkstätten in Schulen durchzuführen. Stickkurse in Krankenhäusern. Ein Pflegeheim fragt wegen Strickunterricht an, einfache Sachen, Schals, Socken. Die Kinderkrebsstation des Krankenhauses bittet mich um lustige Mützen. Manchmal um Handschuhe mit zwei oder drei Fingern.

Mado ist überfordert, sie nimmt jetzt Johanniskraut, und wenn ich mir Sorgen mache, erklärt sie mit einem nervösen Lachen, das ihren Mund verzerrt: Wenn ich anhalte, falle ich um, Jo, und wenn ich umfalle, fällt alles um, also halten Sie mich nicht an, treiben Sie mich voran, Jo, treiben Sie mich voran, bitte.

Sie verspricht mir, zu Doktor Caron zu gehen, mehr Lachs zu essen, sich festzuhalten. Abends lässt mich Jo die Regeln der Lebensmittelsicherheit und das Prinzip der Kühlkette vorlesen, die er für seine Prüfung als Vorarbeiter kennen muss:

Tiefgefrorene Lebensmittel sind Lebensmittel, die einem geeigneten Gefrierprozess (Tiefgefrieren) unterzogen worden sind, bei dem der Bereich der maximalen Kristallisation entsprechend der Art des Lebensmittels so schnell wie nötig durchschritten wird, mit der Wirkung, dass die Temperatur des Lebensmittels – nach thermischer Stabili-

sierung – an allen seinen Punkten mindestens minus 18 Grad Celsius beträgt. Zum Tiefgefrieren müssen Lebensmittel von einwandfreier handelsüblicher Qualität verwendet werden, die den nötigen Frischegrad besitzen. Beim Tiefgefrieren dürfen keine anderen Gefriermittel als Luft, Stickstoff und Kohlendioxid mit dem Lebensmittel in unmittelbaren Kontakt kommen. Die Zubereitung und das Tiefgefrieren müssen unverzüglich mit geeigneten Geräten ausgeführt werden.

Er ist ein reizender Schüler, der sich nie aufregt, höchstens über sich selbst. Ich ermutige ihn: Eines Tages wirst du deine Träume verwirklichen, Jo. Und er nimmt meine Hand und führt sie an die Lippen: Dann ist es dank dir, Jo, dank dir. Und das lässt mich erröten.

Mein Gott, wenn du wüsstest. Wenn du wüsstest, wer würdest du dann werden?

Die Zwillinge haben mich gebeten, kleine Armbänder aus gewachsten Fäden zu flechten, um sie in ihrem Salon zu verkaufen.

Jedes Mal, wenn wir eine Maniküre machen, verkaufen wir irgendeine Kleinigkeit, sagt Françoise, und jetzt stell dir vor, Armbänder von Jo!

Nach deinem Artikel im *Observateur* gehen die weg wie warme Semmeln, fügt Danièle hinzu.

Ich mache zwanzig. Am selben Abend sind sie alle verkauft. Bei dem Glück, das du hast, müsstest du Lotto spielen, sagen sie. Ich lache mit ihnen. Aber ich habe Angst.

Heute Abend habe ich sie zum Essen nach Hause eingeladen.

Jo ist den ganzen Abend lang charmant und lustig und eifrig. Die Zwillinge haben zwei Flaschen Veuve Clicquot mitgebracht. Die Champagnerbläschen lösen unsere Zungen, als sie an unserem Gaumen platzen. Wir sind alle etwas betrunken. Und in der Trunkenheit kommen immer die Ängste oder Hoffnungen an die Oberfläche.

Wir werden bald vierzig, sagt Danièle, wenn wir dieses Jahr keinen Mann finden, ist es vorbei.

Zwei Männer, korrigiert sie Françoise.

Wir lachen. Aber es ist nicht lustig.

Vielleicht sind wir dazu bestimmt zusammenzubleiben, wie siamesische Zwillinge.

Habt ihr es mit Paarship versucht?, fragt Jo.

Natürlich. Wir sind nur an Verrückte geraten. Sobald sie wissen, dass wir Zwillinge sind, wollen sie einen Dreier. Das macht sie an, die Jungs, Zwillinge, sie bilden sich ein, sie hätten plötzlich zwei Schwänze.

Und es getrennt versuchen?, wagt Jo zu fragen.

Lieber sterben, rufen sie zweistimmig, dann nehmen sie sich in die Arme. Die Gläser füllen und leeren sich.

Irgendwann verdienen wir das große Geld und jagen die armen Kerle alle zur Hölle. Wir leisten uns Gigolos, genau, Gigolos, Kleenex-Jungs, hopp und weg! Nach Benutzung in die Mülltonne, hopp! Der Nächste bitte!

Sie kreischen vor Lachen. Jo sieht mich an, er lächelt. Seine Augen glänzen. Unter dem Tisch drücke ich den Fuß an seinen.

Er wird mir fehlen, mein Jo.

Morgen früh fährt er für eine Woche nach Vevey in der Schweiz, zum Hauptsitz des Nestlékonzerns, um seine Weiterbildung abzuschließen und Abteilungsleiter bei Häagen-Dazs zu werden.

Wenn er zurückkommt, werden wir ein Wochenende am Cap Gris-Nez verbringen, um es zu feiern. Wir haben uns Austern und eine Platte Meeresfrüchte versprochen. Er hat ein großes Zimmer auf dem Bauernhof in Waringzelle reserviert, kaum fünfhundert Meter vom Meer und den Tausenden Vögeln entfernt, die in wärmere Gegenden fliegen. Ich bin stolz auf ihn. Er wird dreitausend Euro im Monat verdienen, wird Leistungsprämien bekommen und eine bessere Altersversicherung.

Mein Jo nähert sich seinen Träumen. Wir nähern uns der Wahrheit.

Und du, Jocelyn, fragt Danièle plötzlich meinen Mann, etwas nuschelnd wegen des Champagners, hast du nie von zwei Frauen geträumt?

Lachen. Ich spiele die Empörte, aus Prinzip. Jo stellt sein Glas hin.

Mit Jo, antwortet er, bin ich bestens bedient; sie ist manchmal so unersättlich, als wäre sie zwei.

Erneutes Lachen.

Ich gebe ihm einen Klaps: Hört nicht auf ihn, er erzählt Quatsch.

Aber die Diskussion entgleist und erinnert mich an die, die wir im Sommer im Schatten der Kiefern des Camping du Sourire mit J.-J., Marielle Roussel und Michèle Henrion geführt haben, als die Mischung aus

Hitze und Pastis uns den Kopf verlieren ließ und wir ungehemmt über unser Bedauern, unsere Ängste und unsere Sehnsüchte sprachen.

Ich habe wahrscheinlich die schönste Dildosammlung, sagte Michèle Henrion im letzten Sommer mit traurigem Lächeln.

Die verlassen dich wenigstens nicht, sobald sie fertig sind, und werden auch nicht schlaff, hat Jo sie in seiner Trunkenheit getröstet.

Mit der Zeit wird die Sexualität von der Lust amputiert, das wissen wir alle. Dann versuchen wir sie mit gewagten Stellungen und Experimenten zu beleben, zu kitzeln. In den Monaten nach meiner Rückkehr von der Kur in Nizza war unsere Lust verschwunden. Jo hatte sie durch Brutalität ersetzt. Er nahm mich schnell, er tat mir weh, machte es jedes Mal von hinten; ich hasste es, biss mir die Lippen blutig, um nicht vor Schmerz zu schreien. Aber Jo hörte nur auf seine Befriedigung, und kaum war sein Samen geflossen, zog er sich hastig aus mir zurück, machte die Hose zu und verschwand mit einem alkoholfreien Bier im Haus oder im Garten.

Die Zwillinge sind betrunken, als sie heimgehen, und Françoise hat sich vor Lachen sogar ein bisschen in die Hose gemacht. Jo und ich bleiben allein. Die Küche und das Wohnzimmer sehen aus wie ein Schlachtfeld. Es ist spät.

Ich räume auf, sage ich, geh ins Bett, du musst morgen früh los.

Da kommt er zu mir und nimmt mich plötzlich in die Arme, drückt mich an sich. An seine Kraft. Seine

Stimme an meinem Ohr ist sanft. Danke, meine Jo, flüstert er. Danke für alles, was du getan hast.

Ich erröte, zum Glück sieht er es nicht.

Ich bin stolz auf dich, sage ich, los, geh schon, du wirst morgen müde sein.

Der Stellvertretende Fabrikdirektor holt ihn morgen früh um vier Uhr dreißig ab.

Ich bereite dir eine Thermosflasche mit Kaffee vor.

Dann sieht er mich an. In seinen Augen steht sanfte Traurigkeit. Seine Lippen drücken sich an meine und öffnen sich langsam, seine Zunge gleitet hervor wie eine Blindschleiche, es ist ein Kuss von seltener Zartheit, wie ein erster Kuss.

Oder ein letzter.

Liste meiner Verrücktheiten (mit achtzehn Millionen auf der Bank)

- *Den Laden aufgeben und ein Designerstudium anfangen*
- *Porsche Cayenne*
- *Ein Haus am Meer – NEIN*
- *Eine Wohnung in London für Nadine*
- *Mir eine 90C machen lassen, ich habe abgenommen – NEIN, NEIN, NEIN. Bist du verrückt oder was!!? Aber das ist doch die richtige Liste :-)*
- *Großeinkauf bei Chanel – NEIN*

- *Eine Vollzeitpflegerin für Papa (Neues Gespräch alle sechs Minuten!!!)*
- *Geld beiseitelegen für Romain (mit ihm nimmt's noch ein böses Ende)*

Jo ist seit zwei Tagen weg.

Ich besuche Papa. Ich erzähle ihm wieder von meinen achtzehn Millionen, meinen Qualen. Er traut seinen Ohren nicht. Er gratuliert mir.

Was wirst du damit machen, mein Schatz?

Ich weiß es nicht, Papa, ich habe Angst.

Und deine Mutter, was meint sie dazu?

Ich habe es ihr noch nicht erzählt, Papa.

Komm her zu mir, mein Töchterchen, erzähl mir alles.

Jo und ich sind glücklich, sage ich mit zitternder Stimme. Wir hatten Hochs und Tiefs wie alle Paare, aber wir haben es geschafft, das Schlechte zu überwinden. Wir haben zwei schöne Kinder, ein hübsches kleines Haus, Freunde, wir fahren zweimal im Jahr in den Urlaub. Der Kurzwarenladen läuft sehr gut. Der Onlineshop entwickelt sich, wir sind schon zu acht. In einer Woche ist Jo Vorarbeiter und Abteilungsleiter, und er wird sich einen Flachbildschirm für das Wohnzimmer kaufen und einen Kredit für das Auto seiner Träume beantragen. Es ist zerbrechlich, aber es hält, ich bin glücklich.

Ich bin stolz auf dich, flüstert mein Vater und nimmt meine Hand.

Und dieses Geld, Papa, ich habe Angst, dass es …

Wer sind Sie?, fragt er plötzlich.

Verdammte sechs Minuten.

Ich bin deine Tochter, Papa. Du fehlst mir. Deine Zärtlichkeit fehlt mir. Das Rauschen der Dusche, wenn du von der Arbeit kamst, fehlt mir. Maman fehlt mir. Meine Kindheit fehlt mir.

Wer sind Sie?

Ich bin deine Tochter, Papa. Ich habe einen Kurzwarenladen, ich verkaufe Hosenknöpfe und Reißverschlusse, weil du krank geworden bist und ich mich um dich kümmern musste. Weil Maman auf der Straße gestorben ist, als wir gerade einkaufen gehen wollten. Weil ich kein Glück hatte. Weil ich Fabien Derôme küssen wollte und dann dieser Pedant Marc-Jean Robert, der mit seinen auf kariertem Papier geschriebenen Skizzen die Herzen der Mädchen höher schlagen ließ, meinen ersten Kuss bekam.

Wer sind Sie?

Ich bin deine Tochter, Papa. Ich bin deine einzige Tochter. Dein einziges Kind. Ich bin aufgewachsen, während ich auf dich wartete und Maman die Welt zeichnen sah. Ich bin mit der Angst aufgewachsen, du würdest mich nicht hübsch finden, nicht so wunderbar wie Maman, nicht so brillant wie du. Ich träumte davon, zu zeichnen und Kleider zu entwerfen, alle Frauen hübsch zu machen. Ich habe von Solal, vom weißen Ritter geträumt, ich habe von der absoluten Liebesgeschichte geträumt; ich habe von Unschuld, vom verlorenen Paradies, von Lagunen geträumt; ich habe geträumt, ich hätte Flügel; ich habe geträumt, für mich geliebt zu werden, ohne dass ich entgegenkommend sein muss.

Wer sind Sie?

Ich bin das Zimmermädchen, Monsieur. Ich komme nachsehen, ob in Ihrem Zimmer alles in Ordnung ist. Ich werde Ihr Badezimmer sauber machen, den Papierkorb leeren und Ihre Haufen wegmachen.

Danke, Mademoiselle, Sie sind sehr freundlich.

Zu Hause lese ich die Liste des Nötigen. Mir wird bewusst, dass Reichtum wäre, alles, was darauf steht, auf einmal kaufen zu können, vom Sparschäler bis zum Flachbildschirm, über den Mantel von Caroll und den rutschfesten Teppich für die Badewanne. Mit all diesen Sachen nach Hause kommen, die Liste zerreißen und sich sagen, bitte schön, ich habe nichts mehr nötig. Jetzt habe ich nur noch Wünsche. Nur noch Wünsche.

Aber das passiert nie.

Weil das Nötige unsere kleinen alltäglichen Träume sind. Das sind die kleinen Dinge, die wir zu tun haben, die uns ins Morgen, ins Übermorgen, in die Zukunft tragen; diese winzigen Dinge, die man nächste Woche kaufen wird und die uns denken lassen, dass wir nächste Woche noch am Leben sein werden.

Das Bedürfnis nach einem Antirutschteppich hält uns am Leben. Oder nach einem Couscoustopf. Einem Sparschäler. Deshalb verteilt man seine Einkäufe. Man plant, wo man sie kaufen wird. Manchmal vergleicht man. Ein Calor-Bügeleisen gegen ein Rowenta. Man füllt die Schränke langsam, ein Schubfach nach dem anderen. Man verbringt ein Leben damit, ein Haus zu füllen; und wenn es voll ist, macht man Dinge kaputt, um sie ersetzen zu können, um am nächsten Tag wieder etwas zu tun zu haben. Man geht sogar so weit, seine Beziehung kaputt zu machen, um sich in eine andere Geschichte, eine andere Zukunft, ein anderes Haus zu katapultieren.

Ein anderes Haus, das zu füllen ist.

Ich bin bei Brunet in der Rue Gambetta vorbeigegangen und habe *Schöne des Herrn* als Taschenbuch gekauft. Ich nutze die Abende ohne Jo, um es wieder zu lesen. Aber diesmal ist es erschreckend, denn diesmal weiß ich Bescheid. Ariane Deume nimmt ihr Bad, redet mit sich selbst, macht sich schön, und ich weiß schon von dem Sturz in Genf. Ich kenne den entsetzlichen Sieg der Langeweile über die Lust; des Geräusches der Toilettenspülung über die Leidenschaft, aber ich kann nicht anders, als wieder daran zu glauben. Die Müdigkeit bezwingt mich spät in der Nacht. Ich erwache erschöpft, verträumt, verliebt.

Bis zu diesem Morgen.

Wo alles zusammenbricht.

Ich habe nicht geschrien.

Nicht geweint. Nicht gegen die Wände getrommelt. Mir nicht die Haare ausgerissen. Nicht alles um mich herum zerschlagen. Ich habe mich nicht übergeben. Ich bin nicht aus den Latschen gekippt. Ich habe nicht mal mein Herz rasen und eine Ohnmacht kommen gespürt.

Ich habe mich trotzdem aufs Bett gesetzt, falls doch.

Ich habe mich umgesehen. Unser Schlafzimmer.

Die kleinen vergoldeten Rahmen mit den Fotos der Kinder in jedem Alter. Unser Hochzeitsfoto auf Jos Nachtschrank. Mein Porträt, von Mama gemalt, auf meiner Bettseite, sie hatte es in wenigen Sekunden mit der blauen Aquarellfarbe, die sie noch am Pinsel hatte, auf ein violettes Komma gemalt; du beim Lesen, hatte sie gesagt.

Mein Herz blieb ruhig. Meine Hände haben nicht gezittert.

Ich habe mich vorgebeugt, um die Bluse aufzuheben, die ich hatte fallen lassen. Ich habe sie neben mich auf das Bett gelegt. Meine Finger hatten sie zerdrückt, bevor sie sie fallen ließen. Ich werde sie nachher bügeln. Ich hätte auf mich hören und die Calor-Dampfzentrale, die ich bei Auchan gesehen habe, für 300 Euro 99 kaufen sollen, an siebenundzwanzigster Stelle auf der Liste des Nötigen.

Und dann habe ich begonnen zu lachen. Über mich zu lachen.

Ich wusste es.

Der Gipsstaub am Absatz des Schuhs hat es mir bestätigt, noch bevor ich nachsehe.

Jo hatte die Stange im Garderobenschrank repariert und ihn vor allem an der Wand befestigt, denn er drohte seit einiger Zeit umzukippen. Er hatte dafür zwei große Löcher in die hintere Schrankwand und in die Wand gemacht, das erklärte den Gipsstaub im Schrank und auf meinen Schuhen.

Nachdem er den Schrank befestigt hatte, wollte er sicher den mehligen Staub von meinen Schuhen entfernen, und dabei fand er den Scheck.

Wann?

Wann hatte er ihn gefunden? Seit wann wusste er es?

War es schon bei meiner Rückkehr aus Paris, als er mich vom Bahnhof abholen kam? Und in mein Ohr flüsterte, er sei froh, dass ich zurückgekommen bin?

War es vor Le Touquet? War er mit mir dorthin gefahren, weil er wusste, wie sehr er mir wehtun würde? Nahm er meine Hand am Strand und wusste schon, dass er mich verraten würde? Und als wir im Speisesaal anstießen und er den Wunsch aussprach, dass sich nichts ändert und alles bleibt, wie es ist, hat er sich da schon über mich lustig gemacht? Bereitete er seinen Ausbruch aus unserem Leben vor?

Oder war es danach, als wir zurückkamen?

Ich erinnerte mich nicht mehr, an welchem Tag er den Schrank befestigt hatte. Ich war nicht da, und er hatte nichts gesagt. Der Dreckskerl. Der Dieb.

Natürlich habe ich am Firmensitz von Nestlé in Vevey angerufen.

Es gab keinen Jocelyn Guerbette.

Das Telefonfräulein hat mich ausgelacht, als ich darauf bestand, als ich ihr sagte, dass er die ganze Woche dort sei, zur Weiterbildung zum Vorarbeiter und Abteilungsleiter für ihre Häagen-Dazs-Fabrik in Arras, ja, ja, Arras, Mademoiselle, in Frankreich, im Pas-de-Calais, Postleitzahl 62000.

Er hat Ihnen Unsinn erzählt, Madame. Hier ist der Sitz von Nestlé Worldwide, glauben Sie, dass wir hier einen Vorarbeiter oder einen Lagerarbeiter ausbilden? Also wirklich! Alarmieren Sie die Polizei, wenn Sie wollen, fragen Sie sich, ob er vielleicht eine Geliebte hat, aber glauben Sie mir, Madame, hier ist er nicht.

Sie hat sicher gespürt, dass ich in Panik geriet, denn irgendwann wurde ihre Stimme sanfter, und ehe sie auflegte, sagte sie noch: Es tut mir sehr leid.

In der Fabrik bestätigte mir Jos Chef, was ich schon ahnte.

Er hat eine Woche Urlaub genommen und ist in den letzten vier Tagen nicht zur Arbeit gekommen; er muss nächsten Montag zurück sein.

Von wegen. Jo siehst du nicht wieder. Niemand sieht ihn wieder, diesen Schweinehund. Mit achtzehn Millionen in der Tasche ist er ausgeflogen. Verschwunden, das Vögelchen. Er hat das letzte »e« meines Vornamens abgekratzt, und plötzlich lautete der Scheck auf seinen Namen. Jocelyne ohne »e«. Jocelyn Guerbette. In vier Tagen hatte er Zeit, bis ins tiefste Brasilien zu fliegen. Nach Kanada. Amerika. Womöglich in die Schweiz.

Achtzehn Millionen, das legt eine Entfernung zwischen dich und das, was du zurücklässt.

Eine verdammt große, unmöglich zu überwindende Entfernung.

Die Erinnerung an unseren Kuss, vor fünf Tagen. Ich wusste es. Es war ein letzter Kuss. Die Frauen ahnen solche Dinge immer voraus. Das ist unsere Gabe. Aber ich hatte nicht auf mich gehört. Ich hatte mit dem Feuer gespielt. Ich hatte glauben wollen, Jo und ich, das sei für immer. Ich hatte seine Zunge meine mit dieser unglaublichen Zärtlichkeit liebkosen lassen, ohne an diesem Abend zu wagen, meine Angst sprechen zu lassen.

Ich hatte geglaubt, nachdem wir die unerträgliche Traurigkeit über den Tod unserer kleinen Tochter überlebt hatten, nach den gemeinen Bieren, den Beschimpfungen, der Grausamkeit und den Verletzungen, dem brutalen, tierischen Sex seien wir unzertrennlich, vereint, Freunde geworden.

Deshalb hatte dieses Geld mich erschreckt.

Deshalb hatte ich das Unglaubliche verschwiegen. Die Hysterie zurückgehalten. Deshalb hatte ich es im Grunde nicht gewollt. Ich hatte gedacht, wenn ich ihm seinen Cayenne schenkte, würde er damit wegfahren, weit, schnell, nicht mehr wiederkommen. Wenn man die Träume der anderen verwirklicht, riskiert man, sie zu zerstören. Sein Auto musste er sich selbst kaufen. Im Namen seiner Ehre. Für seinen elenden Männerstolz.

Ich hatte mich nicht getäuscht. Ich hatte geahnt, dass dieses Geld eine Bedrohung für uns beide sein würde. Dass es Feuer war. Glühendes Chaos.

Ich wusste, bis in meine Eingeweide, dass dieses Geld zwar Gutes, aber auch Böses tun konnte.

Daisy Duck hatte recht behalten. *Die Begierde zerstört alles, was ihr in den Weg kommt.*

Ich dachte, meine Liebe sei ein Damm. Eine unüberwindliche Staumauer. Ich hatte nicht gewagt mir vorzustellen, Jo, mein Jo, würde mich bestehlen. Mich verraten. Mich verlassen.

Würde mein Leben zerstören.

Denn was war mein Leben eigentlich?

Eine glückliche Kindheit – bis ins Herz meiner siebzehn Jahre, bis zu Mamans *Schrei* und, ein Jahr später, Papas Schlaganfall und seine kindliche Begeisterung alle sechs Minuten.

Hunderte Zeichnungen, Gemälde, die die wunderbaren Tage nachzeichnen; die große Ausfahrt im Citroën DS bis zu den Schlössern der Loire, Chambord, wo ich ins Wasser gefallen bin und wo Papa und andere Männer hinterhergesprungen sind, um mich zu retten. Noch mehr Zeichnungen, Selbstporträts von Maman, auf denen sie eine hübsche Frau ist, deren Augen kein Leiden je getrübt zu haben scheint. Und ein Gemälde des großen Hauses in Valenciennes, in dem ich geboren bin, aber an das ich mich nicht mehr erinnere.

Meine Schuljahre, einfach und ruhig. Selbst der *Nicht-*

Kuss von Fabien Derôme war eigentlich ein Segen. Er lehrte mich, dass auch die Hässlichen von den Schönsten träumen, aber dass zwischen diesen und jenen wie unüberwindliche Berge alle Hübschen der Welt stehen. Also hatte ich versucht, die Schönheit da zu suchen, wo sie sich für mich fortan verstecken konnte: in der Freundlichkeit, der Aufrichtigkeit, der Behutsamkeit, und das war Jo. Jo und seine brutale Zärtlichkeit, die mein Herz erfreute, meinen Körper umfing und mich zu seiner Frau machte. Ich war Jo immer treu, auch in den stürmischen Tagen, sogar in den Gewitternächten. Ich liebte ihn trotz ihm, trotz der Bosheit, die sein Gesicht entstellte und ihn so entsetzliche Dinge sagen ließ, als Nadège an der Schwelle meines Körpers starb; als hätte sie die Nase herausgestreckt, geschnuppert, die Welt gekostet und beschlossen, dass sie ihr nicht gefiel.

Meine beiden lebenden Kinder und unser kleiner Engel waren meine Freude und meine Wehmut; ich zittere immer noch manchmal um Romain, aber ich weiß, dass er an dem Tag, wo er verletzt wird und niemand mehr seine Wunden versorgt, hierher zurückkommen wird. In meine Arme.

Ich liebte mein Leben. Ich liebte das Leben, das Jo und ich aufgebaut hatten. Ich liebte es, wie ganz gewöhnliche Dinge in unseren Augen schön wurden. Ich liebte unser einfaches, bequemes, freundschaftliches Haus. Ich liebte unseren bescheidenen Garten und die armseligen Rispentomaten, die er uns schenkte. Ich liebte es, mit meinem Mann die gefrorene Erde aufzuhacken. Ich liebte unsere Träume von künftigen Frühjahren. Ich wartete mit der Inbrunst einer jungen Mutter darauf, eines Tages Großmutter zu werden; ich versuchte mich an üppigen Torten, an leckeren Crêpes, an dicken Schokoladen. Ich wollte erneut die Gerüche der Kindheit in unserem Haus, andere Fotos an den Wänden.

Irgendwann hätte ich unten ein Zimmer für Papa eingerichtet, ich hätte mich um ihn gekümmert, und alle sechs Minuten hätte ich mir ein neues Leben ausgedacht.

Ich liebte meine Tausenden Isoldes bei *Zehngoldfinger*. Ich liebte ihre Freundlichkeit, so ruhig und kraftvoll wie ein Fluss, Kraft spendend wie die Liebe einer Mutter. Ich liebte diese Gemeinschaft von Frauen, unsere Verletzlichkeit, unsere Stärke.

Ich liebte mein Leben sehr, und ich wusste in dem Moment, wo ich dieses Geld gewann, dass es alles zerstören würde, und für was?

Für einen größeren Garten? Dickere, rötere Tomaten? Eine neue Sorte Mandarinen? Für ein größeres, luxuriöseres Haus, eine Badewanne mit Whirlpool? Für einen Cayenne? Eine Weltreise? Eine goldene Uhr, Diamanten? Unechte Brüste? Eine neue Nase? Nein. Nein. Und nochmals nein. Ich besaß das, was man mit Geld nicht kaufen, wohl aber zerstören konnte.

Das Glück.

Mein Glück jedenfalls. Meins. Mit seinen Mängeln. Seiner Gewöhnlichkeit. Seiner Kleinheit. Aber meins.

Riesig. Strahlend. Einzigartig.

Deshalb hatte ich meine Entscheidung getroffen, ein paar Tage, nachdem ich mit dem Scheck aus Paris zurückgekommen war: Ich hatte beschlossen, dieses Geld zu verbrennen.

Aber der Mann, den ich liebte, hat es gestohlen.

Ich habe niemandem etwas gesagt.

Den Zwillingen, die mich nach Jo fragten, habe ich erzählt, er müsse im Auftrag von Nestlé ein paar Tage länger in der Schweiz bleiben.

Ich hörte weiter von Nadine. Sie hatte einen großen rothaarigen Jungen kennengelernt, er machte 3-D-Filme, arbeitete am nächsten *Wallace and Gromit* mit. Meine kleine Tochter verliebte sich langsam, sie wolle nichts überstürzen, schrieb sie mir in ihrer letzten Mail, denn wenn man jemanden liebe und ihn dann verliere, sei man gar nichts mehr. Endlich kamen ihre Worte heraus. Tränen stiegen mir in die Augen. Ich antwortete ihr, hier sei alles in Ordnung, ich würde den Kurzwarenladen verkaufen (richtig), um mich um die Website zu kümmern (falsch). Ich erwähnte ihren Vater nicht. Das Böse, das er uns allen antat. Und versprach ihr, sie bald zu besuchen.

Romain ließ wie üblich nichts von sich hören. Ich erfuhr, dass er die Crêperie von Uriage und *das Mädchen* verlassen hatte und jetzt in einem Videoclub in Sassenage arbeitete. Wahrscheinlich mit *einem anderen Mädchen*. Er ist halt ein Junge, sagte Mado, Jungen sind wild.

Und auch ihr kamen die Tränen, weil sie an ihre große Tochter dachte, die nicht mehr lebte.

Am achten Tag nach dem Verschwinden von Jo und von meinem Scheck über achtzehn Millionen Euro organisierte ich ein kleines Fest im Laden. Es waren so viele Leute da, dass sie bis auf die Straße standen. Ich verkündete, dass ich den Laden verlassen würde, und stellte diejenige vor, die mich ersetzen würde: Thérèse Ducrocq, die Mutter der Journalistin vom *Observateur de l'Arrageois*. Thérèse erhielt Beifall, als sie erklärte, dass sie mich nicht wirklich ersetzen, sondern sich »bis zu Ihrer Rückkehr um den Laden kümmern« würde.

Jo und ich, erklärte ich den besorgten Kundinnen, haben beschlossen, ein freies Jahr zu nehmen. Unsere Kinder sind jetzt groß. Es gibt Reisen, die wir machen wollen, seit wir uns kennengelernt haben, Länder besichtigen, Städte kennenlernen, und wir haben beschlossen, dass die Zeit gekommen ist, uns die Zeit dafür zu nehmen.

Sie umdrängten mich. Sie bedauerten Jos Abwesenheit. Sie fragten mich, welche Städte wir besichtigen, welche Länder wir durchqueren würden, bei welchem Klima, um uns noch einen Pullover, Handschuhe, einen Poncho zu stricken: Sie haben uns so lange so sehr verwöhnt, Jo, jetzt sind wir dran.

Am nächsten Tag schloss ich das Haus ab. Brachte die Schlüssel zu Mado. Die Zwillinge fuhren mich nach Orly.

Weißt du wirklich, was du tust, Jo?

Ja. Hundertmal, tausendmal ja. Ja, ich bin sicher, dass ich Arras verlassen will, wo Jo mich verlassen hat. Unser Haus, unser Bett verlassen. Ich weiß, dass ich seine Abwesenheit ebenso wenig ertrage wie den Geruch seiner Anwesenheit, immer noch. Den Geruch seines Rasierschaums, seines Rasierwassers, seines zarten Schweißes in den Anziehsachen, die er zurückgelassen hat, und des kräftigeren in der Garage, wo er gern kleine Möbel baute, seinen säuerlichen Geruch in den Sägespänen, in der Luft.

Die Zwillinge begleiten mich so weit wie möglich. Ihre Augen sind überschwemmt. Ich versuche zu lächeln.

Françoise errät es. Spricht das Unvorstellbare aus.

Jo hat dich verlassen, ja? Ist zu einer Hübscheren und Jüngeren gegangen, jetzt, wo er Chef wird und im Cayenne herumfährt?

Da strömen meine Tränen: Ich weiß es nicht, Françoise, er ist weg.

Ich muss lügen. Ich verschweige die Falle, die Prüfung der Versuchung. Den gespaltenen Wellenbrecher meiner Liebe.

Vielleicht ist ihm was passiert, versucht es Danièle mit honigsüßer, tröstender Stimme, werden nicht in der Schweiz Menschen entführt? Ich habe gelesen, dass es dort mit den Banklisten und dem versteckten Geld jetzt ein bisschen wie in Afrika ist.

Nein, Danièle, er wurde nicht entführt, er hat sich mir entführt, hat mich aus sich herausgerissen, amputiert, ausgelöscht, das ist alles.

Und du hast nichts kommen sehen, Jo?

Nichts. Nichts, nichts, nichts. Wie in einem Scheißfilm. Dein Schatz geht eine Woche auf Reisen, du liest *Die Schöne des Herrn*, während du auf ihn wartest. Du machst dir eine Maske, ein Peeling, eine Epilation mit Wachs, eine Massage mit essenziellen Ölen, um ganz schön, ganz zart zu sein, wenn er zurückkommt, und plötzlich weißt du, dass er nicht wiederkommen wird.

Woher weißt du das, Jo, hat er dir einen Brief hinterlassen, irgendwas?

Ich muss los.

Nein, das ist das Schlimmste, nicht mal ein Brief, einfach nichts, ein Nichts, so düster, so leer wie das Weltall.

Françoise nimmt mich in die Arme. Ich flüstere ihr etwas ins Ohr, vertraue ihr meinen letzten Willen an.

Ruf uns an, wenn du ankommst, flüstert sie, als ich fertig bin.

Erhol dich gut, sagt Danièle. Und wenn du willst, dass wir kommen, kommen wir.

Ich gehe durch die Kontrolle. Ich drehe mich um.

Sie sind immer noch da. Ihre Hände sind Vögel.

Und dann verschwinde ich.

Ich bin nicht weit weg geflogen.

In Nizza scheint die Sonne. Die Ferienzeit hat noch nicht begonnen. Gerade diese Zwischensaison. Genesungszeit. Ich gehe jeden Tag zur selben Zeit an den Strand, wenn die Sonne auf den Rücken brennt.

Mein Körper hat seine Form von den Jahren vor Nadine zurückgewonnen, vor dem Fett, das Nadège erstickte. Ich bin hübsch, wie mit zwanzig.

Jeden Tag, auch wenn die Sonne schwach ist, creme ich mir den Rücken ein, und mein Arm ist immer zu kurz; und jeden Tag fängt genau in diesem Moment mein Herz an zu klopfen, lauere ich mit allen Sinnen. Ich habe gelernt, sehr gerade zu sitzen, die Bewegung mit mehr Sicherheit auszuführen. Das Eingeständnis der Einsamkeit auszulöschen. Sanft massiere ich meine Schultern, meinen Hals, meine Schulterblätter – meine Finger nehmen sich Zeit, aber sie sind ohne Zweideutigkeit; ich erinnere mich an seine Stimme. An seine Worte, vor sieben Jahren, als ich herkam, um mich vor Jos Bosheit zu retten.

»Lassen Sie mich Ihnen helfen.«

Aber heute sind die Worte hinter mir nur Tratsch an Mobiltelefonen oder Teenies, die nach der Schule zum Rauchen und Lachen herkommen. Die müden Worte junger Mütter, schon so einsam, ihre Säuglinge im Schatten des Kinderwagens, ihre Männer, die sie nicht mehr berühren, ausgeflogen; ihre Worte salzig wie Tränen.

Also sammle ich am Nachmittag, wenn ich vierzig startende Flugzeuge gezählt habe, meine Sachen zusammen und gehe hinauf zu der kleinen Wohnung, die ich in der Rue Auguste-Renoir hinter dem Museum für Schöne Künste gemietet habe, für ein paar Wochen, die Zeit, um zur Mörderin zu werden.

Es ist eine Wohnung ohne Charme in einem Wohnhaus aus den fünfziger Jahren, als die Architekten der Côte d'Azur von Miami, Motels und Mädchen träumten; als sie davon träumten, sich davonzumachen. Sie ist möbliert. Die Möbel sind geschmacklos. Sie sind stabil, das ist alles. Das Bett quietscht, aber da ich allein darin schlafe, stört das Geräusch nur mich. Aus dem einzigen Fenster sehe ich das Meer nicht; ich trockne davor meine Wäsche. Abends rieche ich Wind, Salz und Benzin. Abends esse ich allein, sehe ich allein fern und bleibe allein mit meiner Schlaflosigkeit.

Ich weine noch, abends.

Wenn ich vom Strand zurückkomme, dusche ich, wie Papa, wenn er von der Arbeit kam. Aber ich will mich nicht von den Spuren von Glutaraldehyd reinigen. Nur von denen meiner Schande, meines Schmerzes. Meiner verlorenen Illusionen.

Ich bereite mich vor.

In den ersten Wochen nach Jos Verschwinden war ich ins Centre Sainte-Geneviève zurückgegangen. Auch die Dominikanernonnen waren verschwunden. Aber die Pflegerinnen, die sie ersetzten, waren ebenso liebenswürdig.

Als Jo mich verließ, hatte er mein Lachen, meine Freude, meinen Geschmack am Leben mitgenommen.

Er hatte die Listen des Nötigen, meiner Wünsche und meiner Verrücktheiten zerrissen.

Er hatte mir die Kleinigkeiten geraubt, die uns am Leben halten. Den Sparschäler, den man sich morgen bei Lidl kaufen wird. Das Calor-Bügeleisen nächste Woche bei Auchan. Einen kleinen Teppich für Nadines Zimmer in einem Monat im Schlussverkauf.

Er hatte mir die Lust genommen, schön, frivol und eine gute Geliebte zu sein.

Er hatte meine Erinnerung an uns ausgeschabt, ausgelöscht. Die schlichte Poesie unseres Lebens irreparabel zerstört. Ein Spaziergang Hand in Hand am Strand von Le Touquet. Unsere Hysterie, als Romain die ersten Schritte machte. Als Nadine zum ersten Mal *Pipi* sagte und dabei auf *Papa* zeigte. Ein Lachen, nachdem wir auf dem Camping du Sourire miteinander geschlafen hatten. Unsere Herzen, die in derselben Sekunde stehenblieben, als Izzie Stevens in der fünften Staffel von *Grey's Anatomy* ihren verstorbenen Verlobten Denny Duquette vor sich sieht.

Als er mich verließ, weil er mich bestohlen hatte, hatte Jo alles hinter sich zerstört. Alles beschmutzt. Ich hatte ihn geliebt. Und mir blieb nichts mehr.

Die Pflegerinnen lehrten mich sanft, den Geschmack an den Dingen wiederzufinden. Wie man Kinder nach einer Hungersnot zu essen lehrt. Wie man mit siebzehn wieder zu leben lernt, wenn die tote Mutter vor aller Augen auf der Straße Pipi gemacht hat. Wie man lernt, sich wieder hübsch zu finden; sich anzulügen und sich zu vergeben. Sie löschten meine schwarzen Gedanken aus, beschwichtigten meine Alpträume. Sie lehrten mich, wieder tiefer zu atmen, in den Bauch, weit weg vom Herzen. Ich wollte sterben, ich wollte mir entfliehen. Ich wollte nichts mehr von dem, was mein Leben gewesen war. Ich hatte meine Waffen geprüft und zwei ausgewählt.

Mich unter einen Zug werfen. Mir die Adern aufschneiden.

Von einer Brücke springen, wenn ein Zug kommt. Das konnte nicht schiefgehen. Der Körper explodiert. Wird zerfetzt. Verteilt sich über Kilometer. Es gibt keinen Schmerz. Nur das Geräusch des Körpers, der durch die Luft saust, und das beängstigende Geräusch des Zuges; dann das *Plock*, wenn der eine auf den anderen trifft.

Sich die Pulsadern aufschneiden. Weil es etwas Romantisches hat. Das Bad, die Kerzen, der Wein. Wie eine Liebeszeremonie. Wie die Bäder von Ariane Deume, die sich darauf vorbereitet, ihren Herrn zu empfangen. Weil der Schmerz der Klinge am Handgelenk klein und ästhetisch ist. Weil das Blut warm und tröstlich hervorsprudelt und rote Blumen zeichnet, die im Wasser aufblühen und Duftwirbel bilden. Weil man nicht richtig stirbt. Man schläft eher ein. Der Körper gleitet, das Gesicht taucht ein und versinkt im dichten, angenehmen flüssigroten Samt, in einem Bauch.

Die Pflegerinnen im Centre lehrten mich, nur zu töten, was mich getötet hatte.

Da ist ja unser Flüchtling.

Er hat sich ganz klein gemacht, ist förmlich geschrumpft. Seine Stirn klebt am Fenster des dahinsausenden Zuges, dessen Geschwindigkeit impressionistische und virtuose Ausblicke zeichnet. Er wendet den anderen Reisenden den Rücken zu, wie ein schmollendes Kind; es ist kein Schmollen, sondern Verrat, ein Messerstich.

Er hatte den Scheck gefunden. Er hatte gewartet, dass sie spricht. Deswegen war er mit ihr nach Le Touquet gefahren, umsonst. Da hatte er Jocelyne durchschaut, hatte ihr Bedürfnis nach Ruhe, ihre Zuneigung für das Dauerhafte geahnt. Er hatte das Geld genommen, weil sie es verbrennen würde. Oder spenden. Sabbernden Muskelkranken, fieberglänzenden Krebskindern. Das war mehr Geld, als er in sechshundert Jahren bei Häagen-Dazs verdienen würde. Jetzt schluchzt er, weil der Selbstekel keimt und beängstigend aufblüht. Seine Nachbarin fragt flüsternd: Ist alles in Ordnung, Monsieur? Er beruhigt sie mit einer matten Handbewegung. Das Zugfenster ist kalt an seiner Stirn. Er erinnert sich an Jocelynes sanfte, kühle Hand, als ihn das böse Fieber hinwegzuraffen drohte. Die schönen Bilder tauchen immer dann auf, wenn man sie ertränken möchte.

Als der Zug im Morgengrauen in Brüssel ankommt, wartet er, bis alle Reisenden ausgestiegen sind, ehe er den Waggon verlässt. Seine Augen sind rot, wie die der übernächtigten Männer, die sich auf der Suche nach Wärme in den windigen Bahnhofskneipen drängen; Männer, die Brötchen oder Gebäck in ihren teerschwarzen Kaffee tauchen. Es ist der erste Kaffee seines neuen Lebens, und er ist nicht gut.

Er hat Belgien gewählt, weil dort Französisch gesprochen wird. Das ist die einzige Sprache, die er kann. Und selbst da: Nicht alle Wörter, hatte er zu Jocelyne gesagt, als er ihr etwas hastig den Hof machte; sie hatte gelacht, hatte das folgende ausgesprochen: *Symbiose*, er hatte den Kopf geschüttelt, da hatte sie ihm erklärt, dass es das sei, was sie von der Liebe erwarte, und ihre Herzen hatten heftig geklopft.

Er läuft durch den Sprühregen, der seine Haut pikt. Seht nur, er verzieht das Gesicht, wird ganz hässlich. Er war schön, wenn Jocelyne ihn anschaute. Er sah aus wie Venantino Venantini. An manchen Tagen war er der schönste Mann der Welt. Er überquert den Boulevard du Midi, geht Waterloo, die Avenue Louise und die Rue de la Régence entlang bis zur Place des Sablons. Dort ist das Haus, das er gemietet hat. Er fragt sich, warum er so ein großes genommen hat. Vielleicht glaubt er an Vergebung. Vielleicht glaubt er, dass Jocelyne eines Tages zu ihm kommen wird; dass man eines Tages die Dinge versteht, die sich nicht erklären lassen. Dass wir eines Tages alle vereint sind, sogar die Engel und die toten kleinen Mädchen. Er denkt, dass er seit damals die Definition von *Symbiose* im Wörterbuch hätte nachschlagen müssen. Aber jetzt packt ihn erst mal die Begeisterung. Er ist ein reicher Mann. Sein Vergnügen entscheidet alles.

Er kauft sich ein sehr starkes und sehr teures rotes Auto, einen Audi A6 RS. Er kauft sich eine Patek Philippe Triple Complication mit Funktion für Datumsanzeige und eine Omega Speedmaster Moonwatch. Einen Flachbildschirm von Loewe und die Ultimate Edition der *Jason-Bourne-Trilogie*. Er holt seine Träume nach. Er kauft ein Dutzend Lacoste-Hemden. Berluttistiefel. Westons. Bikkembergs. Er lässt sich bei Dormeuil einen Anzug nach Maß machen. Einen zweiten bei Dior, der ihm nicht gefällt. Er wirft ihn weg. Er stellt eine Putzfrau ein, für das große Haus. Mittags isst er in den Cafés an der Grand-Place. El Gréco. Le Paon. Abends lässt er sich Pizza oder Sushi liefern. Er fängt wieder an, Bier zu trinken, richtiges Bier, das Bier der verlorenen Männer, des trüben Blicks. Er mag Bornem Tripel, liebt den Rausch von Kasteelbier, auf dem 11° steht. Sein Gesicht ist aufgeschwemmt. Er wird allmählich dicker. Er verbringt seine Nachmittage auf Caféterrassen und versucht Freunde zu finden. Gespräche sind selten. Die Leute sind allein mit ihren Telefonen. Sie werfen Tausende Worte in die Leere ihrer Leben. Im Fremdenverkehrsbüro der Rue Royale empfiehlt man ihm eine Bootsfahrt für Singles auf den Kanälen von Brügge; dort sind zwei Frauen auf einundzwanzig ausgehungerte Männer; es ist wie ein schlechter Film. Am Wochenende fährt er ans Meer. In Knokke-le-Zoute steigt er im Manoir du Dragon oder im Rose de Chopin ab. Er verleiht Geld, das er nie wiedersieht. Manchmal geht er abends aus. Er geht in Clubs. Verteilt ein paar triste Küsse. Versucht ein paar Frauen zu verführen. Sie lachen. Es läuft nicht gut. Er bezahlt viele Gläser Champagner, manchmal darf er eine Brust oder eine vertrocknete violette Möse berühren. Seine Nächte sind trostlos und kalt und ernüchtert. Er kommt allein nach Hause. Er trinkt allein. Er lacht allein. Sieht Filme allein. Manchmal denkt er an Arras, dann öffnet er ein neues

Bier, um Abstand zu gewinnen, alles wieder unscharf werden zu lassen.

Manchmal sucht er sich im Internet ein Mädchen aus, wie ein Dessert auf einem Servierwagen im Restaurant. Das Mädchen liefert sich selbst in die Dunkelheit seines großen Hauses, sie verschlingt seine Scheine und lutscht ihn kaum, weil er keine Erektion hat. Seht ihn euch an, wenn sie die Tür zuknallt: Er lässt sich auf den kalten Fliesenboden gleiten, was für eine erbärmliche Tragödie, er kauert sich zusammen, ein alter Hund; er schluchzt, sabbert Angst und Rotze, und von den Schatten seiner Nacht streckt kein Wohlwollender die Arme aus, um ihn aufzufangen.

Jocelyn Guerbettes Flucht ist zehn Monate her, als ihn die Kälte packt.

Er duscht kochend heiß, aber die Kälte ist immer noch da. Seine Haut dampft, trotzdem zittert er. Seine Fingerkuppen sind blau und runzlig, als würden sie gleich abfallen. Er will nach Hause. Er ist entzweit. Geld bringt keine Liebe. Jocelyne fehlt. Er denkt an ihr Lachen, den Duft ihrer Haut. Er liebt ihre beiden lebenden Kinder. Er liebt die Angst, die er manchmal hatte, sie könnte zu schön, zu intelligent für ihn werden. Er liebte die Vorstellung, er könnte sie verlieren, sie machte ihn zu einem besseren Ehemann. Er liebt es, wenn sie von einem Buch aufschaut, um ihn anzulächeln. Er liebt ihre Hände, die nicht zittern, ihre aufgegebenen Designerträume. Er liebt ihre Liebe und ihre Wärme und versteht plötzlich die Kälte, das Eisige. Geliebt zu werden wärmt das Blut, lässt das Verlangen brodeln. Schaudernd kommt er aus der Dusche. Er trommelt nicht gegen die Wand, wie er es vor gar nicht so langer Zeit getan hat. Er hat es geschafft, seinen Schmerz um Nadège zu bändigen, er spricht nicht mehr darüber; Jocelyne fügt er diesen Schmerz nicht mehr zu.

Er macht das Bier nicht auf. Seine Lippen zittern. Sein Mund ist trocken. Er sieht sich in dem großen Salon, in der Leere um. Die weiße Couch gefällt ihm nicht. Ebenso wenig der niedrige, vergoldete Tisch. Die Magazine, die niemand liest, die daliegen, damit es schick aussieht. Heute Abend gefallen ihm der rote Audi, die Patek-Uhr, die Mädchen, die man bezahlt und die einen nicht in den Arm nehmen, nicht mehr, ebenso wenig wie sein dicker Körper, die geschwollenen Finger und diese Kälte.

Er macht das Bier nicht auf. Er lässt das Licht in der Eingangshalle an, falls zufällig Jocelyne heute Nacht kommt, falls ihn zufällig die Vergebung treffen sollte, und geht nach oben. Es ist eine große Treppe, Bilder von Stürzen tauchen auf. *Vertigo. Vom Winde verweht. Panzerkreuzer Potemkin.* Blut, das aus Ohren fließt. Splitternde Knochen.

Seine Finger umklammern das Geländer; der Gedanke an Vergebung kommt erst, wenn man sich wieder aufrichtet.

Er fährt nach London. Zwei Zugstunden, mit feuchten Händen. Wie wenn man zum ersten Rendezvous fährt. Vierzig Meter unter dem Meer bekommt er Angst. Er fährt zu Nadine. Zuerst hat sie abgelehnt. Er hat lange gedrängt. Hat regelrecht gefleht. Eine Frage von

Leben und Tod. Sie fand diese Formulierung extrem melodramatisch, aber sie musste darüber lächeln, und in die Bresche dieses Lächelns hat er sich gestürzt.

Sie sind im Caffè Florian verabredet, in der dritten Etage des berühmten Harrods. Er ist zu früh da. Er will den richtigen Tisch, den richtigen Sessel auswählen. Er will sie kommen sehen. Zeit haben, sie wiederzuerkennen. Er weiß, dass die Traurigkeit die Gesichter verwandelt, die Farbe der Augen ändert. Eine Kellnerin kommt. Mit einer Handbewegung bedeutet er ihr, dass er nichts will. Er schämt sich, nicht mal auf Englisch sagen zu können: Ich warte auf meine Tochter, es geht mir nicht gut, Fräulein, ich habe Angst, ich habe eine Riesendummheit gemacht.

Da ist sie. Sie ist schön und schlank, und er erkennt die Anmut, die rührende Blässe von Jocelyne im Kurzwarenladen von Madame Pillard, damals, als er sich nie hätte vorstellen können, ein Dieb, ein Mörder zu sein. Er steht auf. Sie lächelt. Sie ist eine Frau; wie schnell die Zeit vergeht. Seine Hände zittern. Er weiß nicht, was er tun soll. Aber sie bewegt ihr Gesicht auf ihn zu. Küsst ihn. Guten Tag, Papa. *Papa*; es ist tausend Jahre her. Er muss sich setzen. Er fühlt sich nicht besonders gut. Bekommt keine Luft. Sie fragt, ob es geht. Er antwortet ja, ja, das ist die Aufregung, ich freue mich so. Du bist so schön. Er hat gewagt, es seiner Tochter zu sagen. Sie errötet nicht. Sie ist eher blass. Sie sagt, es ist das erste Mal im Leben, dass du mir das sagst, Papa, etwas so Persönliches. Sie könnte weinen, aber sie ist stark. Er aber weint, der alte Mann. Er klammert sich fest. Hört ihn euch an. Du bist so schön, mein Töchterchen, wie deine Mutter. Wie deine Mutter. Die Kellnerin kommt wieder, gleitet lautlos heran, wie ein Schwan. Leise sagt Nadine *in a few minutes, please*, und Jocelyn erkennt an der Musik in der Stimme seiner lebenden Tochter, dass er eine Chance hat, mit ihr zu sprechen, und diese Chance ist jetzt. Also legt er los. Überstürzt. Ich habe deine Mutter bestohlen. Ich habe sie verraten. Ich bin weggelaufen. Ich schäme mich und ich weiß, dass es zu spät für die Scham ist. Ich. Ich. Er sucht nach Worten. Ich. Die Worte kommen nicht. Es ist so schwierig. Sag mir, wie ich mir vergeben lassen kann. Hilf mir. Nadine hebt die Hand. Schon ist es vorbei. Die Kellnerin ist da. *Two large coffees, two pieces of fruit cake; yes, madam*, der Dieb versteht nichts, aber er liebt die Stimme seiner Tochter. Sie sehen sich an. Die Traurigkeit hat die Farbe von Nadines Augen geändert. Früher in Arras waren sie blau. Jetzt sind sie grau, das Grau des Regens, einer trocknenden Straße. Sie sieht ihren Vater an. Sie sucht in dem traurigen, unscharfen Gesicht nach dem, was seine Mutter geliebt hat. Sie versucht die Züge des italienischen Schauspielers wiederzufinden, das klare Lachen, die weißen Zähne. Sie erinnert sich an das schöne Gesicht, das sie abends vor dem Einschlafen küsste, an die Küsse ihres Vaters, die nach Vanille-, Cookie-, Pralinen-, Bananen-, Karamelleis schmeckten. Wird das, was man Schönes erlebt hat, hässlich, weil der Mensch, der dein Leben schöner machte, dich verraten hat? Wird das wunderbare Geschenk eines Kindes ein Grauen, weil das Kind zum Mörder geworden ist? Ich weiß nicht,

Papa, sagt Nadine. Ich weiß nur, dass es Maman nicht gutgeht, dass die Welt für sie zusammengebrochen ist.

Und als sie fünf Sekunden später ergänzt, für mich ist auch alles zusammengebrochen, weiß er, dass es vorbei ist.

Er streckt seine Hand zum Gesicht seiner Tochter; er würde es gern berühren, ein letztes Mal streicheln, sich daran wärmen, aber seine eisige Hand erstarrt. Es ist ein seltsamer und trauriger Abschied. Schließlich senkt Nadine die Augen. Er versteht, dass sie ihn gehen lässt, ohne ihm die Kränkung anzutun, einen Feigling fliehen zu sehen. Das ist ihr Geschenk, weil er ihr gesagt hat, dass sie schön ist.

Im Zug zurück erinnert er sich an die Worte seiner eigenen Mutter, als man ihr mitteilte, dass ihr Mann im Büro an einem Herzinfarkt gestorben sei. Er hat mich verlassen, dein Vater hat uns verlassen! Das Schwein, was für ein Schwein! Und später, nach der Beisetzung, als sie erfuhr, dass sein Herz explodiert war, während er es mit der Personalchefin, einer gierigen Geschiedenen, trieb, war sie verstummt. Endgültig. Sie hatte die Worte in sich geholt, ihren Mund verschlossen, und Jocelyn, noch ein Kind, hatte das Krebsgeschwür der Männerkrankheit im Herzen der Frauen gesehen.

In Brüssel geht er in die Buchhandlung *Tropismes* in der Galerie des Princes. Er erinnert sich an das Buch, von dem sie manchmal aufschaute, um ihm zuzulächeln. Sie war schön, wenn sie las. Sie sah glücklich aus. Er verlangt *Die Schöne des Herrn*, wählt die großformatige Ausgabe, die, die sie las. Außerdem kauft er ein

Wörterbuch. Dann verbringt er seine Tage mit Lesen. Er sucht die Erklärung für die Wörter, die er nicht versteht. Er will herausfinden, was sie zum Träumen brachte, was sie schön machte und sie manchmal zu ihm aufschauen ließ. Vielleicht sah sie Adrien Deume, und vielleicht liebte sie ihn eben dafür. Die Männer denken, dass sie liebenswert sind als Herren, dabei sind sie vielleicht einfach erschreckend. Er lauscht den Seufzern, den Selbstgesprächen der Schönen, die *den Schleier der Liebe* genommen hatte. Manchmal langweilt er sich bei den langen Monologen. Er fragt sich, warum es mehrere Seiten lang keine Satzzeichen gibt; dann liest er den Text laut vor, und im Hall des großen Salons verändert sich sein Atem, beginnt zu rasen; plötzlich spürt er Schwindel, wie im Herzen der Ekstase, etwas Weibliches, Anmutiges, und er versteht Jocelynes Glück.

Aber das Ende ist grausam. In Marseille schlägt Solal Ariane, zwingt sie, mit ihrem früheren Liebhaber zu schlafen; die Schöne ist eine Kokotte ohne Reiz. Und dann der Sturz in Genf. Als Jocelyn das Buch zuklappt, fragt er sich, ob es seine Frau vielleicht in ihrer Vorstellung bestärkte, dass sie »Langeweile und Überdruss«, die die Liebenden im Roman verzehrten, überwunden hatte und dass sie auf ihre Art zu einer Liebe gelangt war, deren Perfektion nicht in den Nähten, den Frisuren und den Hüten, sondern im Vertrauen und im Frieden lag.

Die Schöne des Herrn war vielleicht das Buch des Verlustes, und Jocelyne las es, um zu ermessen, was sie gerettet hatte.

Jetzt will er nach Hause. Er ist voll von Worten für sie; Worte, die er nie ausgesprochen hat. Jetzt weiß er, was *Symbiose* bedeutet.

Er hat Angst anzurufen. Er hat Angst vor seiner eigenen Stimme. Er hat Angst, dass sie nicht abnimmt. Er hat Angst vor dem Schweigen und dem Schluchzen. Er fragt sich, ob er nicht einfach nach Hause fahren soll, heute Abend zur friedlichen Essenszeit ankommen, den Schlüssel ins Schloss stecken, die Tür öffnen. An Wunder glauben. An das Lied von Reggiani, den Text von Dabadie:

Est-ce qu'il y a quelqu'un
Est-ce qu'il y a quelqu'une
D'ici j'entends le chien
Et si tu n'es pas morte
Ouvre-moi sans rancune
Je rentre un peu tard je sais.

Ist jemand da
Ist jemand da
Ich höre schon den Hund
Und wenn du nicht tot bist
Öffne mir ohne Groll
Ich komme etwas spät, ich weiß.

Aber wenn sie das Schloss ausgewechselt hat? Wenn sie nicht da ist? Also beschließt er, einen Brief zu schreiben.

Später, Wochen später, als er vollendet ist, bringt er ihn zur Post an der Place Poellart, neben dem Gerichtsgebäude. Er ist besorgt. Er fragt mehrmals, ob er ausreichend frankiert ist. Das ist ein wichtiger Brief. Er starrt auf die Hand, die seinen Brief voller Hoffnungen und Aufbruch in den Korb wirft; und sehr schnell fallen andere Briefe hinein, bedecken seinen, ersticken ihn, lassen ihn verschwinden. Er fühlt sich verloren. Er ist verloren.

Er geht zurück in das große leere Haus. Dort steht nur noch das weiße Sofa. Er hat alles verkauft, alles verschenkt. Auto, Fernseher, *Jason Bourne*, die Omega; die Patek hat er nicht mehr gefunden, es ist ihm egal.

Er wartet auf dem weißen Sofa. Er wartet, dass eine Antwort unter seine Tür geschoben wird. Er wartet lange, lange, und nichts kommt. Er zittert, und in den Tagen, die reglos verstreichen, wird sein Körper vor Kälte steif. Er isst nicht mehr, er bewegt sich nicht mehr. Er trinkt jeden Tag ein paar Schluck Wasser, und als die Flaschen leer sind, trinkt er nichts mehr. Manchmal weint er. Manchmal redet er mit sich selbst. Er spricht ihre beiden Namen aus. Das war die Symbiose, er hatte es nicht gesehen.

Als seine Agonie beginnt, ist er glücklich.

Das Meer ist grau in Nizza.

Weit draußen die Brandung. Schaumspitzen. Ein paar Segel, die winken, wie um Hilfe rufende Hände, die aber niemand mehr einholen wird.

Es ist Winter.

Die meisten Fensterläden an der Promenade des Anglais bleiben geschlossen. Sie sind wie Pflaster auf den wunden Fassaden. Die Alten bleiben in der warmen Stube. Sie sehen im Fernsehen die Nachrichten, den schlechten Wetterbericht. Sie kauen lange, ehe sie schlucken. Sie ziehen plötzlich alles in die Länge. Dann schlafen sie bei laufendem Fernseher auf dem Sofa ein, eine kleine Wolldecke über den Beinen. Sie müssen bis zum Frühling durchhalten, sonst wird man sie tot auffinden; mit den Temperaturen der ersten schönen Tage werden widerliche Gerüche unter den Türen, durch die Kamine, aus den Alpträumen hervorquellen. Die Kinder sind weit weg. Sie kommen erst mit der Wärme. Wenn sie das Meer, die Sonne, Opas Wohnung genießen können. Sie kommen wieder, wenn sie Maße nehmen, ihre Träume planen können: den Salon erweitern, die Schlafzimmer und das Bad neu machen, einen Kamin einbauen, einen Olivenbaum im Topf auf den Balkon stellen und eines Tages eigene Oliven essen.

Vor fast anderthalb Jahren saß ich hier, allein, am selben Ort, bei derselben Kälte. Ich fror und ich wartete auf ihn.

Ich hatte die Pflegerinnen im Centre lebendig, beruhigt verlassen. In wenigen Wochen hatte ich dort etwas von mir getötet.

Etwas Schreckliches, das man Güte nennt.

Ich hatte sie mich verlassen lassen, wie ein Geschwür, ein totes Kind; ein Geschenk, das man dir macht und gleich wieder wegnimmt.

Eine Grausamkeit.

Vor fast achtzehn Monaten hatte ich mich sterben lassen, um eine andere zur Welt zu bringen. Kälter, kantiger. Der Schmerz formt dich auf merkwürdige Weise neu.

Und dann war Jos Brief gekommen, eine kleine Fermate in der Trauer um die, die ich gewesen war. Ein in Belgien abgeschickter Umschlag; auf der Rückseite eine Adresse in Brüssel, Place des Sablons. Drinnen vier Seiten seiner groben Schrift. Erstaunliche Sätze, neue Worte, wie geradewegs einem Buch entnommen: *Ich weiß jetzt, Jo, dass die Liebe den Tod besser erträgt als den Verrat.* Seine ängstliche Schrift. Am Ende wollte er zurückkommen. Nur das. Zu uns zurückkommen. Unser Haus wiederfinden. Unser Schlafzimmer. Die Fabrik. Die Garage. Seine kleinen Möbel. Unser Lachen wiederfinden. Und das Radiola und das alkoholfreie Bier und die Freunde am Samstag, *meine einzigen echten Freunde. Und Dich.* Mich wollte er wiederfinden. *Wieder von Dir geliebt sein*, schrieb er, *ich habe verstanden, lieben heißt verstehen.* Er versprach: *Ich werde es wiedergutmachen. Ich hatte Angst, ich bin geflohen.* Er schwor. Redete sich die Seele aus dem Leib. *Ich liebe Dich*, schrieb er. *Du fehlst.* Er erstickte. Er log nicht, ich weiß; aber es war zu spät für seine eifrigen und hübschen Worte.

Meine barmherzigen Rundungen waren geschmolzen. Das Eis quoll heraus. Schneidend.

Bei seinem Brief lag ein Scheck.

Fünfzehn Millionen einhundertsechsundachtzigtausendundvier Euro und zweiundsiebzig Cent.

Ausgestellt auf Jocelyne Guerbette.

Da, ich bitte dich um Vergebung, sagten die Zahlen. Vergebung für meinen Verrat, meine Feigheit; Vergebung für mein Verbrechen, meine Lieblosigkeit.

Nach drei Millionen dreihunderteinundsechzigtausendzweihundertsechsundneunzig Euro und sechsundfünfzig Cent hatte der Selbstekel über seine Träume gesiegt.

Sicher hatte er sich seinen Porsche gekauft, seinen Flachbildschirm, alle Filme des englischen Spions, eine Seiko, eine Patek Philippe, vielleicht eine Breitling, glänzend, blinkend, ein paar Frauen, jünger und schöner als ich, epiliert, aufgeblasen, perfekt; sicher hatte er schlechte Erfahrungen gemacht, wie man sie immer macht, wenn man einen Schatz besitzt – denken Sie nur an die Katze und den Fuchs, die die fünf Geldstücke stehlen, die Feuerfresser Pinocchio gegeben hat; sicher hat er einige Zeit wie ein Fürst gelebt, wie man immer gern leben möchte, wenn man plötzlich ein Vermögen hat, um sich dafür zu rächen, es nicht früher gehabt zu haben, es überhaupt nicht gehabt zu haben. Fünfsternehotels. Taittinger Comtes de Champagne, Kaviar; und dann die Launen, ich kann ihn mir so gut vorstellen, meinen Dieb: Dieses Zimmer gefällt mir nicht, die Dusche tropft, das Fleisch ist zu durchgebraten, die Laken kratzen; ich will ein anderes Mädchen, ich will Freunde.

Ich will das, was ich verloren habe.

Ich habe den Brief meines Mörders nie beantwortet. Ich habe ihn fallen, aus meiner Hand gleiten lassen – die

Blätter flatterten einen Moment, und als sie endlich den Boden berührten, verbrannten sie zu Asche, und ich fing an zu lachen.

Meine letzte Liste

- *Friseur, Maniküre, Epilation (zum ersten Mal im Leben, die Haare an meinen Beinen / Achseln / Bikinizone – aber alles dann doch nicht – von einer fremden Person entfernen lassen, hmm, hmm)*
- *Zwei Wochen in London mit Nadine und ihrem rothaarigen Liebsten verbringen*
- *Ihr Geld für ihren nächsten kleinen Film geben (Sie hat mir das Drehbuch nach einer Novelle von Saki geschickt, genial!!!)*
- *Ein Sparkonto für meinen Filou von Sohn eröffnen*
- *Neue Garderobe aussuchen (Ich habe jetzt 38!!!! Männer lächeln mich auf der Straße an!!!!)*
- *Eine Ausstellung der Bilder von Maman organisieren*
- *Ein Haus mit einem großen Garten und einer Terrasse mit Meeresblick am Cap Ferrat kaufen, wo es Papa gutgehen wird. Bloß nicht nach dem Preis fragen, einfach den Scheck ausfüllen, ganz lässig :-)*
- *Das Grab von Maman in die Nähe von Papa und mir verlegen (In den Garten des Hauses über uns?)*
- *Irgendwem aufs Geratewohl eine Million schenken (Wem? Wie?)*

– *Mit ihm zusammenleben (eher neben ihm). Und warten :-(*
– *Und das ist alles*

Ich habe alles von meiner Liste erfüllt, mit zwei kleinen Abweichungen. Ich habe schließlich doch eine Ganzkörperepilation machen lassen – komisches Gefühl, wie ein kleines Mädchen –, und ich habe noch nicht entschieden, wem ich die Million schenken werde. Ich warte auf das unerwartete Lächeln, eine kleine Meldung in der Zeitung, einen traurigen, gütigen Blick; ich warte auf ein Zeichen.

Ich habe zwei wunderbare Wochen mit meiner Tochter in London verbracht. Ich habe die Momente von früher wiedergefunden, als ich vor Jos Grausamkeit in ihr Zimmer flüchtete und sie mein Haar streichelte, bis ich die Ruhe eines Sees wiederfand. Sie fand mich hübsch, ich fand sie glücklich. Fergus, ihr Liebster, ist der einzige Ire in England, der kein Bier trinkt, und dieses Detail machte mich zu einer seligen Mutter. Einmal war er mit uns in Bristol und zeigte mir das Aardman Studio, wo er arbeitet; er gab einer Blumenverkäuferin, an der Gromit im Film vorbeirennt, mein Gesicht. Ein Tag so schön wie die Kindheit.

Als wir uns am St-Pancras-Bahnhof verabschiedeten, weinten wir nicht. Nadine erzählte mir, dass ihr Vater sie vor längerer Zeit besucht hatte, er sah verzweifelt aus, aber ich hörte nicht zu; dann flüsterte sie mir Mutterworte ins Ohr: Du verdienst ein schönes Leben, Maman, du bist ein guter Mensch, versuch mit ihm glücklich zu sein.

Mit ihm. Meinem Vittorio Gassman; seit mehr als anderthalb Jahren lebe ich auch neben ihm. Er ist so schön wie am Tag unseres Kusses im Negresco, seine Lippen haben den Geschmack des Orange Pekoe bewahrt, aber wenn er jetzt meine küsst, rast mein Herz nicht mehr und meine Haut erschauert nicht.

Er war die einzige Insel in meinem Schmerz.

Ich rief ihn an, nachdem mir Jos Chef bestätigte, dass Jo eine Woche Urlaub beantragt hatte. An dem Tag, wo ich von seinem Verrat erfuhr. Ich hatte ihn angerufen, ohne einen Moment zu glauben, dass er sich an mich erinnern würde, vielleicht war er nur ein Jäger, der die Treue der Frauen mit einer Tasse Tee an der Bar des Negresco und der köstlichen Versuchung von Dutzenden freien Zimmern einschläferte. Er erkannte mich sofort wieder. Ich hoffte auf Sie, sagte er. Seine Stimme war ernst, ruhig. Er hörte mir zu. Er spürte meinen Zorn. Verstand die Verstümmelung. Und er sprach unseren Satz aus: »Lassen Sie mich Ihnen helfen.«

Der Sesam, der mich öffnete. Mich endlich aufschnitt. Aus mir die ätherische *Schöne* machte, Ariane Deume am Rand des Abgrunds in Genf an einem Freitag im September 1937.

Ich habe mir helfen lassen. Ich habe mich hingegeben.

Wir gehen jeden Tag an den Strand, und jeden Tag setzen wir uns auf die unbequemen Steine. Ich will weder kleine Klappstühle noch Kissen. Ich will alles wie an unserem ersten Tag, dem Tag meines Traums als mögliche Geliebte, dem Tag, wo ich beschloss, dass weder Jos Bosheit noch meine Einsamkeit ausreichende Gründe waren. Ich bedauere nichts. Ich hatte mich Jo geschenkt. Ich hatte ihn ohne Rückhalt und ohne Hintergedanken geliebt. Ich habe schließlich sogar die Erinnerung an seine feuchte Hand auf meiner bei unserem ersten Rendezvous im Tabac des Arcades geliebt; ich weinte immer noch gelegentlich vor Freude, wenn ich die Augen schloss und seine ersten Worte hörte: *Sie sind ein Gedicht.* Ich hatte mich an seinen säuerlichen, animalischen Atem gewöhnt. Ich hatte ihm viel vergeben, weil die Liebe viel Vergebung verlangt. Ich hatte mich darauf eingestellt, an seiner Seite alt zu werden, ohne dass er mir noch einmal hübsche Worte, einen blumigen Satz gesagt hätte, Sie wissen schon, diese Dummheiten, die die Herzen der Mädchen erschüttern und sie für immer treu sein lassen.

Ich hatte versucht abzunehmen, nicht damit er mich schöner fand, sondern damit er stolz auf mich war.

Du bist schön, sagt mir der, der jetzt davon profitiert, wo ich doch für einen anderen schön sein wollte; aber ich würde dich gern ab und zu lächeln sehen, Jo. Er ist ein guter Mann, der keinen Verrat erlebt hat. Seine Liebe ist geduldig.

Ich lächle abends, manchmal, wenn wir nach Hause kommen, in die riesige, wunderbare Villa in Villefranche-sur-Mer, deren Kaufvertrag ich *ganz lässig*, deren Scheck ich mit *Leichtigkeit* unterschrieben habe; wenn ich Papa wiedersehe, der auf der Terrasse sitzt, seine Pflegerin neben sich, Papa, der aufs Meer schaut und mit seinen Kinderaugen in den Wolken Pareidolien sucht: Bären, Schatzkarten, Zeichnungen von Maman.

Ich lächle sechs Minuten lang, während ich für ihn in der Frische des Abends ein neues Leben erfinde.

Du bist ein großer Arzt, Papa, ein emeritierter Professor; auf Vorschlag von Minister Hubert Curien zum Ritter der Ehrenlegion ernannt. Du hast ein auf dem Enzym 5-Lipoxygenase basierendes Medikament gegen den Riss des Aneurismas entwickelt und standest auf der Nobelpreisliste. Du hattest sogar schon eine Rede auf Schwedisch vorbereitet und hast sie jeden Abend in meinem Zimmer geübt, und ich habe über deinen rauen, tiefen Akzent gelacht. Aber dann haben den Preis Sharp und Roberts für ihre Entdeckung der Mosaikgene bekommen.

Das war gestern Abend, und Papa hat sein Leben gefallen.

Heute Abend bist du ein phantastischer Countertenor. Du bist schön, und die Frauen kreischen und ihre Herzen rasen. Du hast an der Schola Cantorum in Basel studiert und bist mit *Giulio Cesare in Egitto* von Händel berühmt geworden; ja, so hast du Maman kennengelernt. Sie hat dir nach deinem Auftritt gratuliert, sie ist in deine Garderobe gekommen, sie hatte Rosen ohne Dornen in der Hand, sie weinte; du hast dich in sie verliebt, und sie hat dich in ihren Armen aufgefangen.

Seine glänzenden, glücklichen Augen füllen sich mit Tränen.

Morgen erzähle ich dir, dass du der wundervollste, der unvergleichlichste Vater warst. Ich erzähle dir, dass Maman dich immer duschen ließ, wenn du von der Arbeit kamst, weil sie Angst hatte, dass das Didecylchlorid uns in Monster wie in den *Außerirdischen Kohlköpfen* mit Louis de Funès verwandeln würde. Ich werde dir von unseren Monopolypartien erzählen, ich werde dir sagen, dass du geschummelt hast, um mich gewinnen zu lassen, und ich werde dir gestehen, dass du mir einmal gesagt hast, ich sei schön, dass ich dir geglaubt habe und weinen musste.

Ja, ich lächle abends, manchmal.

*D*as Haus ist still.

Papa schläft in seinem kühlen Zimmer im Erdgeschoss. Die Pflegerin ist zu ihrem Liebsten gegangen; ein großer Bursche mit nettem Lächeln, er träumt von Afrika, von Schulen und Brunnen (ein Kandidat für meine Million?).

Wir haben einen Kräutertee getrunken, mein Vittorio Gassman und ich, vorhin, im Schatten der Terrasse; seine Hand zitterte in meiner; ich weiß, dass ich nicht sicher bin, ein Windhauch, vielleicht ein Zweiglein; ich bin jetzt so ruhelos für einen Mann, ich kann nichts machen.

Er ist schweigend aufgestanden und hat mich auf die Stirn geküsst: Bleib nicht zu lange, Jo, ich warte auf dich; und bevor er in unserem Zimmer auf eine Heilung hofft, die nicht heute Abend kommen wird, hat er die CD mit der Arie von Mozart aufgelegt, die ich so liebe, gerade laut genug, um die Terrasse zu erfüllen, aber nicht den unvergleichlichen Countertenor, Schummler beim Monopoly und Beinah-Nobelpreisträger zu wecken.

Und heute Abend, wie jeden Abend, folgen meine Lippen in perfektem Playback denen von Kiri Te Kanava, wenn sie die bewegende Arie der Gräfin Almaviva singt:

Dove sono i bei momenti
di dolcezza e di piacer,
dove andaro i giuramenti
di quel labbro menzogner?
Perchè mai se in pianti e in pene
per me tutto si cangiò,
la memoria di quel bene
dal mio sen non trapassò?

Ach, wo sind sie, die Augenblicke
voller Süße und voller Glück?
Ach, was blieb von den heißen Schwüren
dieses Mundes mir zurück?
Wenn all das in Leid und Tränen
sich für mich verwandelt hat,
warum wird dann meine Seele
der Erinnerung niemals satt?

Ich singe für mich, stumm, das Gesicht dem dunklen Meer zugewandt.

Ich werde geliebt. Aber ich liebe nicht mehr.

Von: mariane62@yahoo.fr
An: jo@zehngoldfinger.com

Guten Tag Jo. Ich bin von Anfang an eine treue Leserin Ihres Blogs. Es hat mich in einer Zeit getröstet, als es mir nicht besonders gutging, und mir geholfen, mich an Ihren Heftfäden und anderen Stücken aus Azuritwolle festzuhalten, um nicht zu fallen … Dank Ihnen und Ihren netten Worten bin ich nicht gefallen. Danke von ganzem Herzen. Jetzt bin ich für Sie da, wenn Sie wollen, wenn Sie es brauchen. Ich will, dass Sie das wissen. Mariane.

Von: sylvie-poisson@laposte.net
An: jo@zehngoldfinger.com

Ich liebe Ihr Blog. Aber warum schreiben Sie nicht mehr selbst? Sylvie Poisson, aus Jenlain.
P.S. Ich sage nicht, dass die Einträge von Mado und Thérèse nicht gut sind, aber es ist nicht dasselbe :-)

Von: mariedorves@yahoo.fr
An: jo@zehngoldfinger.com

Guten Tag Jo. Erinnern sie sich an mich? Sie haben mir sehr freuntlich geantwortet als ich ihnen Gesundheitswünsche für ihrn Mann geschickt hab der die HN-Grippe hat. Sie warn so verliebt in ihn, das war gut. Mein Mann ist neulich von der Arbeit gestorben. er hat eine Betonmaschine auf den Kopf gekriegt auf der Baustelle und ich hab ihrn Satz im Friedhof vorgelesen wo sie sagen dass man nur eine Liebe hat und das ist er gewesen mein Jeannot. Er fehlt mir und sie auch. Ich hör auf, sonst wein ich wieder.

Von: françoise-et-daniele@coiffesthetique_arras.fr
An: jo@zehngoldfinger.com

Jo, Du spinnst!!!!! Du bist verrückt!! Total total verrückt! Sie sind genial. Und wunderwunderschön mit ihren britischen Toupets und den verchromten Rückspiegeln! Das sind die entzückendsten Minis, die die Welt je gesehen hat. Die Leute im Viertel denken jetzt, dass wir gewonnen haben, stell Dir vor! Wir haben plötzlich einen Haufen Verehrer, sie schicken uns Blumen, Gedichte, Schokolade. Wir werden noch fett dabei! Es gibt sogar einen fünfzehnjährigen Jungen, der in uns beide verliebt ist und mit uns durchbrennen will. Er wartet jeden Abend mit seinem Koffer hinter dem Kirchturm auf uns, stell Dir vor! Einmal haben wir uns versteckt, um rauszukriegen, wie er aussieht, er ist wirklich süß!!! Fünfzehn, stell Dir vor! Und er will uns alle beide, oho! In seinem letzten Brief hat er geschrieben, er bringt sich um, wenn wir nicht kommen, das ist supersüß! Der Salon ist immer voll, wir mussten zwei Mädchen einstellen, eine ist Juliette Bocquet, vielleicht erinnerst Du Dich an sie, sie ist mal mit Fabien Derôme gegangen, das war dramatisch, weil ihre Eltern dachten, er hätte sie geschwängert, aber das ist alles lange her. Auf jeden Fall sind wir mit deinen Minis die Prinzessinnen von Arras, und bald kommen wir zu Dir gefahren, auch wenn Du es immer ablehnst, wir machen Dir eine Überraschung. Na gut, wahrscheinlich weißt Du, was aus Jo geworden ist, dass die Nachbarn wegen dem Geruch die Polizei gerufen haben; das war ein Schock für alle hier, vor allem, dass er gelächelt hat, aber wir reden nicht mehr darüber. Schon fast zwei Uhr, Jo, wir machen Schluss, gehen unser Lottoscheinchen ausfüllen, und dann machen wir den Salon wieder auf. Wir schicken Dir tausend Küsse. Die Zwillinge, die Dich lieben.

Von: fergus@aardman-studios.uk
An: jo@zehngoldfinger.com

Hi beautiful Maman. Just a few words um dir zu sagen, dass Nadine wartet auf das Baby und sich traut nicht es zu sagen, aber wir sein very very happy. Komm bald, sie wird need you. Warm kisses, Fergus.

Von: faouz_belle@faouz_belle.be
An: jo@zehngoldfinger.com

Guten Tag, Madame Guerbette.
Ich bin Faouzia, ich wohne in Knokke-le-Zoute, wo ich Ihren Gatten kennengelernt habe. Er sprach immer nur von Ihnen, von Ihrem Kurzwarenladen, Ihrem Blog; manchmal weinte er und bezahlte mich dafür, dass ich ihn tröstete. Ich habe nur meinen Job gemacht und ich weiß, dass Sie mir nicht böse sind. Bevor er abreiste, gab er mir eine Patek Uhr, und nachdem ich vor kurzem erfahren habe, wie viel sie wert ist, denke ich, dass sie Ihnen zusteht. Bitte sagen Sie mir, wohin ich sie schicken soll. Mein Beileid für alles, was Ihnen geschehen ist. Faouzia.

Von: maelysse.quemener@gmail.fr
An: jo@zehngoldfinger.com

Ich suche schwalbengrauen gezwirnten Stickfaden, haben Sie den? Und wissen Sie, ob es in der Gegend um Bénodet Kreuzstichkurse gibt? Ich würde es gern lernen. Danke für Ihre Hilfe.